COLLECTION FOLIO

Goethe

Les Souffrances du jeune Werther

*Traduction
de Bernard Groethuysen*

*Préface et notes
de Pierre Bertaux*
Professeur à l'Université de Paris II.

Gallimard

Paris, 21 Février 1989

PRÉFACE

En 1774, à Leipzig, à l'occasion de la foire d'automne, le libraire Weygand publiait un mince roman par lettres de cent cinquante pages. Titre : Les Souffrances du jeune Werther. Pas de nom d'auteur. Les autorités locales, alertées, constatent que cet ouvrage fait l'apologie du suicide, qu'il est immoral ; elles en interdisent la vente. Vaine précaution. Peut-être même le scandale et l'interdiction contribuent-t-ils au succès initial de l'ouvrage, à sa rapide et bientôt prodigieuse diffusion. On apprend que l'auteur est un jeune avocat de vingt-cinq ans, le Dr Goethe de Francfort. Ce nom devient universellement célèbre.

La publication de Werther est un événement, au-delà même de la seule histoire littéraire. C'est une date de la civilisation européenne.

Faisons le point. 1774 : en France, voici tout juste deux cents ans, c'est la fin d'un règne, et même de plusieurs règnes, puisque Voltaire et Rousseau n'ont plus que quatre ans à vivre. A Paris, capitale du monde civilisé, Louis XV, jadis surnommé le Bien-Aimé, meurt de la petite vérole dans l'indifférence générale. Paris s'intéresse à bien autre chose. Paris est en efferves--

*cence à propos de tout, à propos de rien. Paris cause,
Paris discute, Paris écrit, Paris lit.*

*A Paris, tout le monde lit, comme le constate un voya-
geur allemand du temps :* « *On lit en voiture, à la promenade, au théâtre, dans les entr'actes, au café, au bain.
Dans les boutiques, femmes, enfants, ouvriers, appren-
tis lisent ; les laquais lisent derrière les voitures ; les
cochers lisent sur leurs sièges ; les soldats lisent au
poste et les commissionnaires à leur station.* » *Gagné
par la frénésie de lecture, Lawrence Sterne séjournant
à Paris lit le chiffon de papier dans lequel son valet
La Fleur lui a apporté son petit déjeuner ; il en insère,
dit-il, la traduction dans son* Voyage sentimental en
France et en Italie. *Du chancelier au cordonnier, tout
le monde a la fureur de l'imprimé, on y cherche les
lumières de la philosophie. Les Lumières : terme maçon-
nique. Il y a en France des centaines de loges maçon-
niques, dont le grand maître est le comte d'Artois. On y
rencontre le marquis de Bouillé, La Fayette retour d'Amé-
rique, la princesse de Lamballe (dont la tête charmante
finira au bout d'une pique), des savants, des artistes,
des avocats, des prélats. Dans ces sociétés de pensée, on
concilie la foi et la raison, la liberté et l'autorité, l'égalité
et les distinctions sociales. On propage les idées nouvelles. Mais celles-ci ne sont pas l'apanage des classes
dites cultivées. Les idées se diffusent partout, à travers
le pays entier, par exemple à partir de ces points d'écla-
tement et de redistribution que sont les relais de la poste
aux chevaux. C'est que les maîtres de poste eux aussi
lisent, parlent à tout le monde, diffusent nouvelles et
brochures. L'un de ces maîtres de poste, Drouet, orientera
le cours de l'histoire en arrêtant à Varennes le roi en
fuite, sachant fort bien ce qu'il faisait.*

*A Paris, les boutiques de libraires ne désemplissent
pas. Chez Desenne, on peut à peine se frayer un passage
de la porte au comptoir. Au Palais-Royal, on se promène*

*en bavardant de politique, d'amour, de goût ou de philo-
sophie. On recueille les dernières nouvelles. Le cas
échéant on en fabrique. Il y a à Paris des centaines de
libellistes qui vivent de leur plume. Gens de toutes conditions : prêtres défroqués, caissiers infidèles, maîtres
chanteurs pleins d'esprit et pourris de vices. Parmi eux,
même quelques honnêtes gens. On écrit, on recopie, on
imprime, on fait circuler les pamphlets publiquement ou
sous le manteau. Outre les imprimeurs attitrés et dûment
contrôlés, il y a des imprimeries clandestines un peu partout, et d'abord dans les dépendances des châteaux prin-
ciers. Le journalisme littéraire fleurit. Le Mercure de
Panckoucke tire à quinze mille (quelle revue littéraire
pourrait aujourd'hui en dire autant ?). En 1774, Pidan-
sat de Mairobert et Mouffle d'Angerville publient des
Mémoires secrets pour servir à l'histoire de la République des Lettres. Métra imprime à Neuwied une
Correspondance littéraire. Les cours d'Europe, la tsa-
rine en tête, sont régulièrement tenues au courant de ce
qui se passe à Paris par la lettre confidentielle que depuis
vingt ans rédige à leur usage le baron Melchior Grimm,
un Parisien allemand tout comme le baron d'Holbach,
ami de tout le monde et des philosophes. Rousseau est
brouillé à mort avec Grimm, mais avec qui Rousseau
ne se brouillerait-il pas ?*

*En 1774, après avoir mené à bon terme la publication
de l'Encyclopédie et accepté l'invitation de la Grande
Catherine, Diderot rentre de Moscou, rapportant dans
ses malles le manuscrit du* Neveu de Rameau. *Caron de
Beaumarchais, sorti de la prison de For-l'Évêque et
menacé d'entrer à la Bastille, invente le personnage de
Figaro et fait recevoir à la Comédie-Française son* Bar-
bier de Séville.*

*Ce sont les derniers beaux jours du salon de Mlle de
Lespinasse qui « donne à causer » dans son petit appartement de la rue de Bellechasse. À condition de haïr le*

despotisme, d'aimer la liberté, d'avoir de l'esprit et d'estimer tout ce qui est anglais, on a chance d'y rencontrer Turgot, Condillac, Condorcet, le duc de La Rochefoucauld. Les écrivains passent leurs manuscrits au banc d'essai de la lecture à haute voix devant des amis : Rousseau lit des passages de ses Confessions chez le marquis de Pezay, devant le prince royal de Suède, chez la comtesse d'Egmont. Scandale ; Mme d'Épinay demande au lieutenant de police d'interdire à Rousseau toute lecture de ses Confessions. Celui-ci, sexagénaire et valétudinaire, copie de la musique le matin ; l'après-midi, il va par les sentiers qui traversent les champs (juste derrière Maine-Montparnasse) pour herboriser du côté de Gentilly, glissant insensiblement de la méditation à la rêverie, analysant en chemin le fonctionnement du subconscient (Claparède voyait dans la première phrase de la sixième Rêverie « dans toute sa pureté l'essence même de la doctrine psychanalytique »). Personne ne reconnaît le promeneur. La Harpe écrit : « Le nom de Rousseau est célèbre dans l'Europe, mais à Paris sa vie est obscure. » Gluck étant venu à Paris pour se faire connaître, le soir de la première de son Iphigénie en Aulide (le 19 avril 1774), Jean-Jacques Rousseau est quelque part dans la salle. Une jeune fille, Manon-Jeanne Phlipon (comment deviner que sous le nom de Mme Roland elle sera guillotinée ?), enthousiaste et jolie, se présente chez Rousseau ; hélas, elle tombe sur Thérèse Levasseur qui éconduit rudement l'impudente. Désolée, Manon-Jeanne rentre chez elle, passe la nuit à relire Jean-Jacques dont elle possède les œuvres complètes. Au petit matin, elle se retrouve dans son fauteuil, baignée de larmes délicieuses.

C'est que les beaux esprits ne font pas la loi. Ou plutôt, ces sensuels n'ont pas été les derniers à découvrir la volupté des larmes, le charme de la nature, la vertu de l'innocence, la sensibilité, la sentimentalité même. Depuis

La Nouvelle Héloïse (*1761*), *on sait qu'un paysage est un état d'âme, que le cœur a ses saisons. Bernardin de Saint-Pierre découvre les couleurs ; il constate que par une belle soirée d'été le ciel, même « sur l'horizon de Paris », n'est pas bleu, comme le croyait encore Rousseau, mais qu'on y voit du vert. Il apprend à regarder avec l'exactitude d'un impressionniste les rapports de tons dans un lever ou un coucher de soleil, à observer les nuances des nuages, aussi diverses et changeantes que les nuances du cœur.*

De l'autre côté de la Manche brille un autre foyer du monde civilisé. A Londres, on a trouvé en librairie La Nouvelle Héloïse *avant même de pouvoir l'acheter à Paris. A Londres, Rousseau était allé en 1766 accompagner son ami le philosophe Hume, avec qui c'était bien sûr l'occasion de se brouiller définitivement. Il a tout de même passé dans la banlieue londonienne dix-huit mois à écrire quelques livres de ses* Confessions. *A Londres règne Garrick, le plus grand acteur du siècle et peut-être de tous les temps, tout comme Hogarth est le plus grand caricaturiste. L'Angleterre de Daniel de Foe et de Swift, de Richardson et de Fielding, de Lawrence Sterne, est la patrie du roman. Les romans anglais fournissent au continent des modèles de sensibilité contrôlée par l'intelligence, de réflexion freinant le réflexe, de sentimentalité tempérée par l'humour. Une demi-page de Sterne inspire à Diderot les trois cents pages de* Jacques le Fataliste. Le Spectator *d'Addison inspire Marivaux dont* La Vie de Marianne *fournira à son tour un modèle à la pensée dialectique de Hegel. Voltaire n'était encore qu'un impertinent poète menacé de la Bastille quand les circonstances l'obligèrent à séjourner trois ans à Londres (1726-1729), d'où il revint philosophe, ayant changé de format.*

Paris, Londres : chassé-croisé d'inspirations, échange de modes et de modèles, réverbération d'échos. A l'épo-

*que, il y a une société européenne, il y a une littérature
européenne.*

*Et l'Allemagne, dans tout cela ? C'est à peine exagéré
de dire qu'en Allemagne il ne se passe rien, qu'il n'y a
rien. Depuis la guerre de Trente Ans, les Allemagnes
sont en état permanent de sous-développement. Dans un
essai écrit en français — il n'écrivait guère autrement
— Frédéric II roi de Prusse, poète et philosophe, constate
qu'il n'y a pas de littérature allemande, qu'il ne peut
pas y en avoir. Logique imperturbable : comment pourrait-il y avoir une littérature allemande, alors qu'il y a
vingt dialectes, mais pas de langue allemande, qu'un
Souabe n'est pas compris à Hambourg ? Pas de dictionnaire, pas de grammaire de l'allemand qui fasse autorité.
C'est précisément en 1774 que s'élaborent le premier
dictionnaire, celui d'Adelung, et les premières gram-
maires allemandes. Sur vingt-six millions d'Allemands,
dit Frédéric II, moins de cent mille savent le latin, vingt-
cinq millions neuf cent mille sont exclus de toute culture.
Il ne veut pour preuve de la barbarie dans laquelle est
plongée la nation allemande que le succès scandaleux
qu'y remportent les farces grossières de Shakespeare.
Encore pourrait-on pardonner à un Anglais d'autrefois
d'avoir ignoré la règle des trois unités, mais comment
ne pas être horrifié quand on voit — précisément le
12 avril 1774 — jouer à Berlin par une troupe de comé-
diens errants une pièce exécrable, abominable imitation
de mauvaises pièces anglaises, un Götz von Berlichingen dont Frédéric II dédaigne de mentionner l'auteur
(un certain Goethe). Non, dit Frédéric II, avant qu'il
n'existe une littérature allemande digne de ce nom, plusieurs générations passeront encore. « Comme Moïse
contemplant de loin la Terre promise, de loin je la vois,
il ne me sera point donné d'y pénétrer. »*

*Un point de vue convergent, tout aussi négatif, est
celui qu'exprime un écrivain allemand alors inconnu,*

aujourd'hui encore méconnu. A mi-chemin entre Georg Christoph Lichtenberg et nous, Nietzsche rangeait pourtant ses Aphorismes *au nombre des trois ou quatre ouvrages de prose allemande qui méritent d'être lus et relus. Donc, vers 1774, Lichtenberg disait avec un humour tout britannique (il avait fait deux séjours à Londres et commenté Hogarth) qu'il était impossible d'écrire, et même d'imaginer, un roman allemand comme le* Tom Jones *de Fielding, pour des raisons évidentes tenant à la vertu ménagère et à la patriarcale simplicité des mœurs allemandes. La Saxonne aux tresses blondes qui coud ses rideaux assise sur un prie-Dieu aux pieds de sa maman, pouvez-vous sans invraisemblance la lancer sur les grands chemins déguisée en homme, exposée à toutes les aventures ? Les toits, cheminement habituel des amoureux romanesques, ne servent en Allemagne qu'aux ébats des matous. Le galant qui se risquerait à descendre par la cheminée pour rejoindre sa belle aurait toutes chances de choir dans une lessiveuse. Quant aux chaises de poste, elles sont en Allemagne si inconfortables et si mal fréquentées qu'on n'y rencontre pas de belles dames, mais des marchands ronflant dans leur coin ; s'ils se réveillent, c'est pour vanter la grandeur d'âme de Sa très-gracieuse Majesté. Quant aux auberges, c'est pire encore. Comment espérer, dans ces conditions, nouer la moindre intrigue, et comment songer à écrire un roman allemand ?*

Au moment où, partis de considérations bien différentes, le despote éclairé et le philosophe inconnu se rejoignent pour constater la non-existence et même l'impossibilité d'une littérature romanesque de langue allemande, précisément en cette année 1774, la littérature allemande fait sur la scène de la République universelle des Lettres une entrée fracassante, accédant d'emblée au premier rang, à côté de l'anglaise et de la française. Cette percée décisive, cet avènement a nom Werther.

*Succès en Allemagne d'abord, par-delà les frontières
ensuite. Telle une épidémie décimant les classes cultivées, se répand en Allemagne le* furor Wertherinus*,
comme l'appelle Lichtenberg : la fièvre werthérienne.
On s'habille à la Werther (frac bleu, gilet et culotte
jaunes, chapeau gris et rond), à la Charlotte (robe
blanche, nœuds de ruban rose). Sur les éventails, les
bonbonnières, les tabatières, on peint des motifs werthé-
riens, Lotte fleurissant la tombe de Werther. Un parfum
à la mode se nomme « eau de Werther ». Dans les parcs,
on plante des saules pleureurs, à leur ombre on place une
« urne de Werther » censée contenir les cendres de l'infortuné. Par les foires et marchés on colporte une com-
plainte : « Écoutez bien, jeunes hommes, et vous, tendres
jeunes filles, l'histoire du malheureux Werther qui de sa
propre main mit fin à ses jours. » Plus grave : on se
suicide « à la Werther ». M*me* de Staël écrira que Werther a causé plus de suicides que la plus belle femme du
monde. Les théologiens fulminent contre ce maudit bou-
quin inspiré par Satan qui présente comme un acte
licite, sinon de courage, le lâche suicide d'un bel esprit.
Contre eux les philosophes retroussent les manches et
prennent la défense du désespéré. On se dispute, on s'insulte, on se parodie, on démarque, on imite, on adapte
pour la scène. On joue à Vienne un « ballet tragique »
intitulé* Werther*, on donne un feu d'artifice représentant
« la rencontre de Werther et de Lotte aux Champs Ély-
séens ». Jusque sur les porcelaines chinoises du temps,
on retrouve partout le motif « Lotte et Werther ».*

*Et bien sûr, on traduit. En un siècle et demi, on
va compter une quinzaine de traductions différentes
en français. Non qu'en France l'accueil soit unanime-
ment favorable. Le* Journal *de Paris écrit en janvier
1778 que l'ouvrage est « excessivement fatigant par le
ton frénétique qui y règne d'un bout à l'autre », par ses
« convulsions perpétuelles ». Peu après, la* Correspon-

dance *de Grimm, reprise par le Zurichois Meister,*
déclare : « *On n'y a trouvé que des événements communs*
et préparés sans art, des mœurs sauvages, un ton bour-
geois, et l'héroïne de l'histoire a paru d'une simplicité
tout à fait grossière, tout à fait provinciale. » *En 1804*
encore, alors que trente ans s'étaient écoulés — et quelles
années ! — le Mercure de France *s'inquiétait :* « *Goethe*
est inexcusable, et le dessein de son ouvrage est visible-
ment immoral. » *Napoléon, lui, déclare à Goethe avoir*
relu le Werther *six ou sept fois, et même pendant la*
campagne d'Égypte. Il en discute avec l'auteur qui
constate que l'Empereur connaît le roman « *à fond,*
comme un juge d'instruction qui a étudié son dossier ».
(Est-ce à Napoléon que pensait Goethe quand, bien plus
tard, dans une conversation avec son ami Soret, il
s'indignait contre les grands de ce monde qui d'un
trait de plume envoient à la mort des milliers d'hommes,
ajoutant : « *Et après cela on vient demander des comptes*
à un écrivain, on condamne une œuvre qui, mal com-
prise par quelques esprits bornés, a tout au plus débar-
rassé le monde d'une douzaine d'imbéciles et de propres-
à-rien ! » *) L'ennemie personnelle de Bonaparte, Mme de*
Staël, publie en 1803 une Delphine *qui est un* Werther
au féminin. Elle voit dans le Werther *de Gœthe* « *le*
livre par excellence que possèdent les Allemands et qu'ils
peuvent opposer aux chefs-d'œuvre des autres langues »,
associant dans un même éloge Rousseau et Gœthe « *qui*
ont su peindre la passion réfléchissante, la passion qui
se juge elle-même et se connaît sans pouvoir se dompter ».

Le werthérisme inspire à Chateaubriand son René
(1802), *dont Alfred de Vigny disait crûment en 1836 :*
« René *est imité de* Werther. » *Il inspire à Senancour*
son Oberman (1816), *à Benjamin Constant son* Adolphe
(1816), *à Nodier trois ou quatre ouvrages. L'écho du*
werthérisme éclate et meurt, renaît et se prolonge : en
1834, Musset écrit à George Sand : « *Je lis* Werther

et La Nouvelle Héloïse. *Je dévore toutes ces folies sublimes dont je me suis tant moqué »* et sans lesquelles La Confession *d'un enfant du siècle eût certainement été écrite dans une autre tonalité. Stendhal consacre à* Werther *et don Juan un chapitre de son livre* De l'amour. *George Sand elle-même, et Vigny, mais aussi bien Sainte-Beuve et Victor Hugo, portent la marque de* Werther. *Lamartine, se penchant sur son passé, écrit :* « Je me souviens de l'avoir lu et relu dans ma première jeunesse... Les impressions que ces lectures ont faites sur moi ne se sont jamais effacées ni refroidies. La mélancolie des grandes passions s'est inoculée en moi par ce livre. J'ai touché avec lui au fond de l'abîme humain... Il faut avoir dix âmes pour s'emparer ainsi de celle de tout un siècle. » On trouve des échos de* Werther *dans le* Dominique *de Fromentin, dans* L'Éducation sentimentale, *dans les* Souvenirs d'enfance et de jeunesse *de Renan, et jusque chez André Gide.*

Longtemps Goethe ne fut pour toute l'Europe que « le célèbre auteur de *Werther ». Il en était obsédé, écœuré. Lui parlait-on de Werther, il était saisi de panique et ne songeait qu'à tourner les talons, à esquiver l'admirateur. A Naples, un Anglais le poursuit. Gœthe jette alors sur le papier ces vers :*

Que de fois j'ai maudit les pages insensées
Que par le monde envoya ma juvénile douleur!
Werther aurait été mon frère et je l'aurais tué
Que ne me persécuterait pas davantage son spectre
[vengeur.

Quatre ans après la publication, il avait écrit à Mᵐᵉ *de Stein :* « Dieu me garde de me trouver jamais à nouveau dans le cas d'écrire un nouveau *Werther.* » *Pourtant il remet sur le métier son ouvrage, avec le sentiment* « d'une femme qui ferait rentrer dans son sein l'enfant dont elle a jadis accouché », *essayant d'atténuer (surtout à la fin ce que la première version pouvait avoir de trop provocant. Certains préfèrent la version originale, à la façon dont on peut préférer le fruité du beaujolais nouveau à un bordeaux vieilli. (Goethe, rappelons-le, était amateur de vins et grand connaisseur).*

Un demi-siècle plus tard, constatant dans un entretien avec Eckermann que Napoléon avait eu la main particulièrement heureuse dans ses années de jeunesse et que plus tard il paraissait avoir été abandonné par la grâce, Goethe disait : « Que voulez-vous, moi aussi je n'ai fait qu'une fois mes chants d'amour et mon Werther. Une seule fois, pas deux. Cette illumination divine par quoi naît une chose exceptionnelle est liée à la jeunesse, à la productivité de l'adolescence. » Alors Eckermann : « Ce que vous appelez productivité, n'est-ce pas ce qu'on nomme aussi génie ? — Cela se ressemble en effet », conclut Goethe. Et il ajoute : « Voyez Mozart, voyez Raphaël, voyez Byron. »

Comment donc s'était produit chez Goethe ce coup de génie qui a nom Werther ? Et d'abord, qu'avait-il en vue lorsqu'il entreprit de l'écrire ? Il n'avait peut-être pas d'autre intention que de se délivrer des démons qui le hantaient, de ce qui fermentait en lui depuis deux ans. Et c'est bien l'effet salutaire qu'il en attendait qui se produisit : il se sentit ensuite « joyeux et libre comme après une confession générale ». Il s'était déchargé sur ce personnage fictif, son « frère », du drame qu'il avait personnellement frôlé, peut-être évité de justesse.

Rappelons les faits. Il n'est guère d'œuvre littéraire dont on connaisse plus exactement les antécédents biographiques. L'adolescent Goethe avait étudié le droit à Leipzig, puis à Strasbourg. Il était devenu tant bien que mal docteur *utriusque juris.* Dans un village d'Alsace, il avait conté fleurette à la blonde fille du pasteur, Frédérique Brion. Il l'aimait sincèrement, profondé-

ment. *Elle ne l'aimait pas moins. Et un beau jour,
sans crier gare, sans explication, il était parti, pour
toujours. Elle ne s'en remit jamais. En mai 1772, sur
le conseil de son père qui voyait s'ouvrir devant lui une
carrière d'avocat, Goethe qui avait alors vingt-deux ans,
était venu pour trois mois planter sa tente à Wetzlar,
vieille petite ville où depuis un siècle siégeait le tribunal
du Saint-Empire. Au cœur de la ville dans la Maison
teutonique, un bailli du nom de Buff gérait les biens de
l'Ordre du même nom. Avant de mourir d'épuisement,
la femme du bailli lui avait donné une quinzaine d'enfants, dont douze vivants. La seconde, Charlotte, dite
Lotte, a dix-neuf ans ; elle tient lieu de mère aux autres.*

*Le 9 juin, la grand-tante de Goethe — la sœur de sa
grand-mère maternelle, qui résidait à Wetzlar — orga-
nise en l'honneur de son neveu une partie de plaisir à
la maison de chasse de Volpertshausen. Un collègue de
Goethe, un peu plus âgé que lui, le secrétaire de la léga-
tion de Brême Kestner, note dans son journal (en français, car à Wetzlar comme à Potsdam le français est de
rigueur dans la bonne société) :* « fut un bal à Volprechts-
hausen, village à deux lieues de Wetzlar. Il était composé de 25 personnes. On s'y rendit le soir en Carosses
et à Cheval, et on en revint le lendemain matin ». *Il
énumère les participants :* « 12 Chapeaux (les Chapeaux,
ce sont les danseurs, les cavaliers de ces dames) : Jerusalem. Dr Goede (Goethe)..., 13 Dames, 2 Buff teutoniques). »
Goethe danse avec l'une des deux « Buff teutoniques »,
*Lotte. Il est séduit par la grâce, la simplicité, l'impres-
sion d'équilibre et de santé morale qui émane de cette
jeune fille. Le lendemain, il va prendre de ses nouvelles
et devient l'hôte à peu près quotidien de la Maison teutonique. Le 13 août, il donne à la jeune fille un baiser.
Kestner, qui est en train de se fiancer tout doucement
avec Lotte (ils se fréquentèrent sept ans avant de se marier) aime et admire beaucoup le Dr Goethe, ce jeune*

génie si original. Il ne se formalise pas outre mesure.
Il note dans son journal : « Le soir, aveu d'un baiser.
Petite brouillerie avec Lotte, mais le lendemain c'était
passé. Le 14 au soir, Goethe reparut à la maison, il fut
traité avec indifférence. Je me promenai avec lui dans la
rue jusqu'à minuit. Curieuse conversation, car il était
d'humeur toute chagrine et avait toute sorte d'étranges
imaginations dont nous finîmes par rire tous deux,
appuyés contre un mur, au clair de lune. Le 16, Goethe
fut sermonné par Lotte, elle lui déclara qu'il ne pouvait
espérer d'elle que de l'amitié, il devint très pâle et très
abattu... Le soir, on écossa ensemble des haricots. »

Comment va tourner l'idylle ? Heureusement un ami
de Goethe, l'écrivain Merck, vient tirer son jeune ami du
piège où il est en train de se prendre. On ne sait exactement comment, mais on devine ses arguments. Ingé-
nieusement, il vante la beauté junonienne d'une voisine
et amie de Lotte, laissant probablement entendre que
l'objet de la flamme de Goethe « a de fort beaux yeux,
pour des yeux de province ». Et puis il le fait souvenir que
les trois mois prévus pour son séjour à Wetzlar tirent
à leur fin, qu'on l'attend à Darmstadt, à Francfort, et
surtout à Ehrenbreitstein, chez la célèbre femme de lettres
Sophie von Laroche, dotée d'une fille très jolie. Goethe
traîne encore pendant trois semaines. Et puis tout d'un coup
il se décide. Le 10 septembre au soir, Kestner rapporte
un étrange entretien entre Charlotte, Goethe et lui-même.
On a parlé de l'au-delà, du grand départ, des possibilités
de retour. On est convenu que le premier des trois qui
« partirait » reviendrait, s'il le pouvait, donner aux survi-
vants des nouvelles de l'autre monde. Goethe était ef-
fondré, dit encore Kestner ; il avait décidé de partir le
lendemain à l'aube.

Effectivement, dans la matinée du 11, Kestner reçoit
une lettre de Goethe : « Donnez à Lotte le billet ci-joint.
Cette conversation m'a déchiré. Je ne puis pour l'instant

*vous dire que ce seul mot : adieu!... Maintenant je suis
seul, demain je ne serai plus là. Oh, ma pauvre tête! »*
A Lotte il écrit : « *Oui, j'espère revenir, mais quand ?
Dieu sait... Lotte, tandis que tu parlais, où en était donc
mon cœur ? Toujours cette certitude : c'est la dernière
fois... Maintenant je suis seul, libre de pleurer, je vous
laisse heureux, je ne sortirai pas de vos cœurs...* » Un
second billet : « *Mon bagage est bouclé, Lotte, le jour va
poindre. Encore un quart d'heure et je serai parti...
Adieu, mille fois adieu!* »

Était-il amoureux fou de Lotte, ou, comme il l'avait
déjà noté à Leipzig, « amoureux de l'amour », ou bien
encore jouait-il avec ses propres sentiments un jeu difficile et dangereux, un jeu auquel on se laisse facilement
prendre — comment en juger, s'il n'en jugeait pas lui-
même ?

Toujours est-il que de Wetzlar il va prendre les eaux
à Ems, arrive à Ehrenbreitstein chez Mme de Laroche.
Effectivement, elle a une adorable fille de seize ans, aux
yeux noirs (la Lotte du roman aura les yeux noirs de
Maximilienne — Max pour les intimes — et non les
yeux bleus de la Lotte de Wetzlar). On se promène sur les
bords du Rhin, on admire le fleuve majestueux et paisible, le bac qui le franchit, le pont qui enjambe la
Moselle. On dessine beaucoup, on tient compagnie aux
jeunes filles. « *Pour l'aînée* », écrira-t-il beaucoup plus
tard dans ses Mémoires, « *j'éprouvai bientôt une parti-
culière attirance. C'est un sentiment très agréable que de
ressentir en soi les premiers émois d'une nouvelle
passion, alors que ne sont pas encore éteints les derniers
échos de la précédente. Ainsi au soleil couchant il est
charmant de voir de l'autre côté de l'horizon se lever la
lune ; le spectacle simultané des deux astres enchante
doublement le cœur.* » C'est le ton d'un Valmont ou d'un
Lovelace, plutôt que celui d'un récent candidat au suicide. Après *tout* Les Liaisons dangereuses *procèdent*

elles aussi de La Nouvelle Héloïse *et font appel à la sensibilité du siècle. Un contemporain, le comte de Tilly, rapporte que « le portrait (par Choderlos de Laclos) de Mme de Tourvel est adorable et a fait verser bien des larmes à la jeunesse des deux sexes... Que de jeunes personnes aimeraient mieux mourir comme elle que de vivre comme son odieuse rivale! Voilà un hommage à la vertu, un tribut au véritable amour ».*

Goethe rentre à la maison familiale, à Francfort. Fin septembre, à l'occasion de la foire, Kestner lui rend visite. De quoi parler, sinon de Lotte, toujours de Lotte, avec qui Kestner est maintenant officiellement fiancé? Lotte l'a chargé d'apporter à Goethe un des rubans roses, maintenant un peu fanés, qu'elle portait à son corsage le soir de la première rencontre.

Le 30 octobre, Goethe apprend qu'un jeune homme qu'il avait connu à Leipzig et retrouvé à Wetzlar, Karl Wilhelm Jerusalem, qui faisait partie (nous avons noté son nom au passage) de la bande joyeuse de Volpertshausen, s'était épris de la belle Mme Herd, la vertueuse épouse d'un magistrat. Amoureux éconduit et désespéré, il avait emprunté à Kestner sa boîte de pistolets et s'était logé une balle dans la tête. Goethe écrit à Kestner: « Le malheureux Jerusalem... Nouvelle terrible, inattendue... Le pauvre garçon! Quand, revenant de promenade, je le rencontrais au clair de lune, je disais : il est amoureux. Lotte doit se rappeler que je souriais en disant cela... Depuis sept ans que je le connaissais, je ne lui parlais que rarement. En partant, j'avais emporté un livre à lui ; ce livre, je le garderai et me souviendrai toute ma vie de l'infortuné. » Goethe presse Kestner de lui envoyer une relation aussi complète que possible de l'affaire. Cette relation, on la connaît ; plus d'une phrase du roman, plus d'un détail lui sont textuellement empruntés.

Il semble que l'amalgame se soit fait instantanément

dans l'esprit de Goethe entre sa propre aventure et celle de Jérusalem. Il compare ce qui se passa en lui à une cristallisation subite, tout comme au moindre choc l'eau glacée d'un vase se prend brusquement en une masse solide.

En janvier 1774, le revoilà à Francfort. Il y retrouve Maximilienne. Entre-temps elle a épousé un commerçant de Francfort d'origine italienne bien plus âgé qu'elle et qui a déjà cinq enfants d'un premier mariage. Il se nomme Brentano, un nom qui deviendra lui aussi célèbre dans les lettres allemandes. Goethe écrit à une amie : « Max est toujours cet ange qui par les qualités les plus simples et les plus belles attire tous les cœurs. Le sentiment que j'ai pour elle, qui ne donnera à son mari aucun motif de jalousie, fait en ce moment le bonheur de ma vie. Brentano est un brave garçon de caractère ouvert et solide, non dénué d'intelligence. » Non dénué, non plus, de méfiance. Moins tolérant que Kestner, il n'aime guère que ce play-boy tourne auprès de sa jeune épouse et il le prie d'aller ailleurs faire le joli cœur. Goethe s'en va. Il attendra : c'est la fille de Max, l'illustre Bettina, qui plus tard, jeune fille exaltée, se jettera dans ses bras — et lui qui n'en voudra pas.

Goethe souffre à nouveau — ou souffre encore, on ne sait plus. Il s'enferme comme dans une chrysalide, il entre en crise. Refusant toute visite, dans un véritable accès de somnambulisme il se met à écrire. A l'en croire, c'est en quelques semaines, du début février à la mi-mars, et d'un seul jet, qu'il écrit ce dont il avait pensé d'abord faire la matière d'un drame, et qui finalement sera un roman par lettres. Son ami Merck l'empêche de réviser son manuscrit ; il l'envoie directement à l'impression à Leipzig, chez Weygand.

Lorsque paraît l'opuscule, il le fait parvenir au ménage Kestner avec un billet : « Continuez à aimer le vivant et respectez le défunt. » Mais il y joint un autre billet, destiné

*à Lotte et à elle seule. « Lotte, combien ce livre m'est cher,
tu le ressentiras sans doute en le lisant. Cet exemplaire
m'est aussi précieux que s'il était unique au monde. Il
est pour toi, Lotte, je l'ai couvert de baisers, je l'ai mis
sous clef afin que personne n'y touche. O Lotte... je désire
que chacun de vous le lise de son côté, toi seule, Kestner
seul, et que chacun de vous m'écrive un petit mot. Lotte,
adieu ! Lotte ! »*

Mais Kestner n'apprécie pas d'être ainsi mis en scène,
d'être exposé, lui et son ménage, à la curiosité et à la
malignité publique, assailli de questions indiscrètes.
Goethe s'efforce de les apaiser : « La chose est faite, le
livre est sorti, pardonnez-moi si vous le pouvez. Ne me
dites rien, je vous en prie, tant que l'issue n'aura pas
démontré que vos appréhensions étaient exagérées, tant
que vos cœurs n'auront pas senti plus purement, dans le
livre même, l'innocent mélange de vérité et de fiction. »
Un peu plus tard, encore à Kestner : « Oh ! si je pouvais
te sauter au cou, me jeter aux pieds de Lotte, une minute,
une seule, tout serait effacé, tout serait expliqué. Oh !
gens de peu de foi, si vous pouviez sentir la millième
partie de ce que Werther est pour des centaines de cœurs,
vous ne feriez pas le décompte des frais qu'il vous fait
supporter... Il irait de ma vie, que je ne retirerais pas le
Werther... Si je vis encore, c'est à toi que je le dois...
Dis à Lotte que son nom est prononcé avec vénération par
des milliers de lèvres ferventes, cela peut compenser bien
des ennuis. »

La conclusion fut tirée par un ami de Kestner qui lui
écrivit en français : « Il est dangereux d'avoir un auteur
pour ami. »

Tout finit par se tasser. Les relations épistolaires
se ralentirent. En vingt-sept ans d'heureux mariage,
Lotte donna à son mari quatre filles et huit garçons.
Lorsque Kestner mourut, Lotte écrivit à M. le Conseiller
von Goethe pour lui demander d'intervenir en faveur

*de son fils Théodore qui désirait s'établir à Francfort
comme médecin.*

Goethe et Lotte ne se revirent qu'en 1816. Il avait
67 ans, elle 63. De cette rencontre Thomas Mann a fait
un roman. Et c'est ainsi que la littérature, parfois, se
nourrit de la littérature.

A un écrivain français, Barthélemy Froberville, qui
lui dédiait en 1805 un roman imité de Werther, Goethe
écrivait en français : « Il y a plus de trente ans que j'ai
écrit Werther, il y a plus de soixante-dix degrés de lati-
tude que nous sommes éloignés l'un de l'autre, mais
ni le temps ni l'espace ne peuvent séparer. En lisant
votre composition, je crois entendre un compagnon de ma
jeunesse, un compagnon de mes erreurs, mais heureusement de ces erreurs dont on aurait plus la raison de se
glorifier que de se repentir. J'ai survécu à mon Werther,
vous avez survécu à votre S(idner), et sûrement Vous
n'en êtes pas pour cela un plus mauvais citoyen, pour
avoir été enthousiaste un jour peut-être mal à propos. »

Goethe disait donc : j'ai survécu à mon Werther. Il
explique dans une lettre à Zelter (26 mars 1816) ce qui
l'a sauvé : « Toute réflexion faite, c'est mon talent, et lui
seul, qui me permet de passer à travers toutes les situations
bizarres dans lesquelles, par une fausse orientation,
par hasard ou par un concours de circonstances, je me
trouve impliqué. »

Et en 1824 il dit à Eckermann (ce qui n'est inexact
que matériellement) : « Je n'ai relu ce livre qu'une seule
fois depuis sa parution ; et je me suis bien gardé de le
relire ensuite. Ce sont de vraies fusées incendiaires. Ce
livre m'est pénible, et je crains toujours d'éprouver à
nouveau l'état pathologique où il a pris naissance. »

Il dit pourtant encore à Eckermann : « L'âge de Werther... appartient à l'histoire privée de quiconque, doué
d'un sens inné de la liberté, se débat au milieu des con-
traintes sociales d'un monde vieilli et doit apprendre à

s'y reconnaître et s'y adapter. La félicité contrariée, l'action entravée, les désirs insatisfaits sont de tous les temps et adviennent à un chacun. Il serait fâcheux qu'au moins une fois dans sa vie chacun n'ait pas une époque où Werther *lui semble avoir été écrit spécialement pour lui.* »

Chacun peut en effet songer, à l'occasion, que c'est pour lui, pour l'adolescent qu'il est, pour l'aider à surmonter sa crise, que Goethe a tenu ce propos : « *Le chef-d'œuvre de l'homme, c'est de durer.* » *Peut-être songeait-il à son* Werther *auquel — et grâce auquel — il avait survécu.*

On peut — et c'est là le propre des grandes œuvres littéraires que d'être inépuisables — se proposer bien des lectures du Werther *de Goethe. On peut y voir, comme nous l'avons fait, la première en date des contributions allemandes à la littérature universelle. On peut y étudier la transfiguration littéraire d'une aventure personnelle, les progrès de la technique du roman par lettres, l'entrée du paysage et de la nature dans le roman, l'expression de la sensibilité préromantique. On peut y voir, en psychologue, une description clinique de la crise de maturation, le passage souvent difficile de l'état d'adolescent à l'âge d'homme ; passage manqué par* Werther *et réussi par Goethe. On peut faire la psychanalyse de* Werther, *la sociologie de* Werther.

On peut voir dans ce roman jailli sans retouches de la plume de Goethe à vingt-cinq ans une manifestation éclatante de ce don, le moins explicable de tous, cette sûreté du geste qu'on nomme le génie. Toutes ces lectures sont valables.

On pourrait voir aussi dans le roman — et ce ne serait pas forcément la plus sotte des lectures — un jeu ironique de Goethe avec lui-même. Il n'est pas aberrant de penser que Goethe a pu, si discrètement que personne ne paraît

jusqu'à présent s'en être aperçu, se livrer à un persi-
flage de la sentimentalité outrée de l'époque. N'y a-t-il
pas dans le ménage à trois (manqué) du Werther *comme*
un reflet ironique du ménage à trois par lequel se clôt
La Nouvelle Héloïse *où le problème est traité avec un*
sérieux appliqué, pesant, vaudois, qui aujourd'hui
nous fait sourire — pourquoi n'aurait-il pas déjà fait
sourire Goethe, au moins intérieurement ?

Quelques arguments pour étayer cette lecture.

Tout d'abord Goethe a toute sa vie pratiqué les jeux et
amusements littéraires : divertissements, parodies et
satires, farces, mascarades. Il ne dédaignait pas les
jeux de société, les déguisements, l'escamotage même.
Doué d'un vigoureux et fondamental instinct ludique, il
ne cesse de jouer avec son lecteur qu'il invite à jouer avec
lui, imposant par son maintien olympien le respect à qui
ne comprend pas tout à fait, clignant de l'œil au subtil
qui a saisi sa pensée. « Vous, vous m'avez compris. »
Il aime être deviné. C'est sa façon à lui de dire les choses
les plus sérieuses, de sorte qu'elles ne soient entendues
que par ceux qui en sont dignes. Que les autres admirent
respectueusement ce qu'ils ne comprennent qu'à moitié,
et n'en demandent pas davantage. Ne serait-ce qu'au
cours des quelques mois de gestation du Werther *on ne*
relève pas, dans l'activité littéraire de Goethe, moins de
cinq œuvres ludiques : une parodie de la poésie pasto-
rale anacréontique de Jacobi ; une farce (ainsi intitulée)
*qui est une satire dramatique de l'*Alceste *de son ami*
Wieland ; une farce de Mardi gras ; une farce dramatique
où il persifle l'enthousiasme maniaque pour la nature,
dont le héros est un satyre à tous les sens du terme ; enfin
une satire de la théologie intitulée Prologue aux plus
récentes révélations de Dieu.

Sans doute pour écrire le Werther *a-t-il changé de regis-*
tre. Il n'en reste pas moins que l'on ne devrait pas igno-
rer ni oublier à quoi, au même moment, s'amuse sa plume.

*Est-il abusif de rappeler que dans une lettre à Char-
lotte von Stein du 2 novembre 1779 il exprime sa surprise à constater que les Français eux aussi sont victimes
de la « fièvre werthérienne » : « Les Français, je ne m'y
attendais guère ! » Comme s'il avait attendu d'eux...
autre chose. Plus de finesse, peut-être.*

Plus décisif : dans La Campagne en France, *Goethe
revient sur le* Werther — *tout à fait hors de propos, mais
c'est bien sa manière de jouer à cache-cache et de dire
les vérités précisément là où on ne les attend pas — pour
dire qu'à l'époque où parut le roman, on cultivait en
Allemagne la sentimentalité mélancolique sur le
modèle du Yorick de Sterne, mais — à la différence de
l'Angleterre — sans l'humour ironique propre aux Bri-
tanniques. Les Allemands ont tendance à se prendre au
tragique et à se vautrer complaisamment dans leur propre tourment. Manquer d'humour, voilà un défaut
dont, dit-il, « j'essayai de me délivrer moi-même et d'aider
les autres à se délivrer » ; mais « c'est plus difficile qu'on
ne pense ». Complétons sa pensée : plus difficile qu'on ne
pense, dans un pays où le sens et la pratique de l'humour
ne sont guère en honneur. Que dans ce texte aux termes
calculés il ait associé l'évocation du* Werther *à une remarque aussi pénétrante et importante sur le sens de
l'humour donne à réfléchir.*

*Ne faisait-il pas sienne, peut-être, la maxime du Bour-
guignon saint Bernard à laquelle il fait un sort dans le*
Voyage en Italie *:*

Spernere mundum,
Spernere neminem,
Spernere se ipsum,
Spernere se sperni.

*Nous traduirons librement : « Se moquer de tout, ne se
moquer de personne, se moquer de soi-même, se moquer
d'être moqué. » Ou bien : ne prendre trop au sérieux ni*

les choses, ni soi-même. Savoir, quoi qu'il arrive, s'en amuser, voilà une façon de faire son salut.

Le sourire et le sacré, le sourire de la sagesse. Le sourire de Bouddha n'est-il pas le signe même de son infinie sagesse ? Et à l'époque de Bouddha, le sourire hiératique des sculptures grecques archaïques, contemporaines d'Héraclite, que signifie-t-il ? Retrouver à l'arrière-plan du Werther, dans les ombres impénétrables de son tréfonds, cette sagesse souriante, cela peut être inattendu, ce n'est pas à exclure. A la réflexion, ce n'est pas même surprenant.

Pierre Bertaux.

Les Souffrances du jeune Werther

J'ai rassemblé avec soin tout ce que j'ai pu recueillir de l'histoire du malheureux Werther, et je vous l'offre ici. Je sais que vous m'en remercierez. Vous ne pouvez refuser votre admiration à son esprit, votre amour à son caractère, ni vos larmes à son sort.

Et toi, bonne âme qui souffres du même mal que lui, puise de la consolation dans ses douleurs, et permets que ce petit livre devienne pour toi un ami, si le destin ou ta propre faute ne t'en ont pas laissé un qui soit plus près de ton cœur!

LIVRE PREMIER

4 mai 1771 [1].

Que je suis aise d'être parti ! Ah ! mon ami, qu'est-ce que le cœur de l'homme ? Te quitter, toi que j'aime, toi dont j'étais inséparable ; te quitter et être content ! Mais je sais que tu me le pardonnes. Mes autres liaisons ne semblaient-elles pas tout exprès choisies du sort pour tourmenter un cœur comme le mien ? La pauvre Léonore ! Et pourtant j'étais innocent. Était-ce ma faute à moi si, pendant que je ne songeais qu'à m'amuser des attraits capricieux de sa sœur, une funeste passion s'allumait dans son sein ? Et pourtant suis-je bien innocent ? N'ai-je pas nourri moi-même ses sentiments ? Ne me suis-je pas souvent plu à ses transports naïfs qui nous ont fait rire tant de fois, quoiqu'ils ne fussent rien moins que risibles ? N'ai-je pas... Oh ! qu'est-ce que l'homme, pour qu'il ose se plaindre de lui-même ! Cher ami, je te le promets, je me corrigerai ; je ne veux plus, comme je l'ai toujours fait, savourer jusqu'à la moindre goutte d'amertume que nous envoie le sort. Je jouirai du présent, et le passé sera le passé pour moi. Oui, sans doute, mon ami, tu as raison ; les hommes auraient des peines bien moins vives si... (Dieu sait pourquoi ils sont ainsi faits...), s'ils n'appliquaient pas toutes les forces de leur imagination à renouveler sans cesse le souvenir de leurs maux, au lieu de supporter un présent qui ne leur dit rien.

Dis à ma mère que je m'occupe de ses affaires, et que je lui en donnerai sous peu des nouvelles. J'ai parlé à ma tante, cette femme que l'on fait si méchante ; il s'en faut bien que je l'aie trouvée telle : elle est vive, irascible même, mais son cœur est excellent. Je lui ai exposé les plaintes de ma mère sur cette retenue d'une part d'héritage ; de son côté, elle m'a fait connaître ses droits, ses motifs, et les conditions auxquelles elle est prête à nous rendre ce que nous demandons, et même plus que nous ne demandons. Je ne puis aujourd'hui t'en écrire davantage sur ce point : dis à ma mère que tout ira bien. J'ai vu encore une fois, mon ami, dans cette chétive affaire, que les malentendus et l'indolence causent peut-être plus de désordres dans le monde que la ruse et la méchanceté. Ces deux dernières au moins sont assurément plus rares.

Je me trouve très bien ici. La solitude de ces célestes campagnes est un baume pour mon cœur, dont les frissons s'apaisent à la douce chaleur de cette saison où tout renaît. Chaque arbre, chaque haie est un bouquet de fleurs ; on voudrait se voir changé en hanneton pour nager dans cette mer de parfums, et y puiser sa nourriture.

La ville elle-même est désagréable ; mais les environs sont d'une beauté ravissante [1]. C'est ce qui engagea le feu comte de M... à planter un jardin sur une de ces collines qui se succèdent avec tant de variété et forment des vallons délicieux. Ce jardin est fort simple ; on sent dès l'entrée que ce n'est pas l'ouvrage d'un jardinier savant, mais que le plan en a été tracé par un cœur sensible, qui voulait y jouir de lui-même. J'ai déjà donné plus d'une fois des larmes à sa mémoire, dans un pavillon en ruine, jadis sa retraite favorite, et maintenant la mienne. Bientôt je serai maître du jardin. Depuis deux jours que je suis ici, le jardinier m'est déjà dévoué, et il ne s'en trouvera pas mal.

10 mai.

Il règne dans mon âme une étonnante sérénité, semblable à la douce matinée de printemps dont je jouis avec délices. Je suis seul, et je goûte le charme de vivre dans une contrée qui fut créée pour des âmes comme la mienne. Je suis si heureux, mon ami, si abîmé dans le sentiment de ma tranquille existence, que mon talent en souffre. Je ne pourrais pas dessiner un trait, et cependant je ne fus jamais plus grand peintre [1]. Quand les vapeurs de la vallée s'élèvent devant moi, que le soleil lance d'aplomb ses feux sur l'impénétrable voûte de mon obscure forêt, et que seulement quelques rayons épars se glissent au fond du sanctuaire ; que, couché sur la terre dans les hautes herbes, près d'un ruisseau, je découvre dans l'épaisseur du gazon mille petites plantes inconnues ; que mon cœur sent de plus près l'existence de ce petit monde qui fourmille parmi les herbes, de cette multitude innombrable de vermisseaux et de moucherons de toutes les formes ; que je sens la présence du Tout-Puissant qui nous a créés à son image, et le souffle du Tout-Aimant qui nous porte et nous soutient flottants sur une mer d'éternelles délices ; mon ami, quand le monde infini commence ainsi à poindre devant mes yeux, et que je réfléchis le ciel dans mon cœur comme l'image d'une bien-aimée, alors je soupire et m'écrie en moi-même : « Ah ! si tu pouvais exprimer ce que tu éprouves ! si tu pouvais exhaler et fixer sur le papier cette vie qui coule en toi avec tant d'abondance et de chaleur, en sorte que le papier devienne le miroir de ton âme, comme ton âme est le miroir d'un Dieu infini !... » Mon ami... Mais je sens que je succombe sous la puissance et la majesté de ces apparitions.

Je ne sais si des génies trompeurs errent dans cette
contrée, ou si le prestige vient d'un délire céleste qui
s'est emparé de mon cœur ; mais tout ce qui m'environne a un air de paradis. A l'entrée du bourg est une
fontaine, une fontaine où je suis enchaîné par un
charme, comme Mélusine et ses sœurs ¹. Au bas d'une
petite colline se présente une grotte ; on descend
vingt marches, et l'on voit l'eau la plus pure filtrer
à travers le marbre. Le petit mur qui forme l'enceinte,
les grands arbres qui la couvrent de leur ombre, la
fraîcheur du lieu, tout cela vous captive, et en même
temps vous cause un certain frémissement. Il ne se
passe point de jour que je ne me repose là pendant une
heure. Les jeunes filles de la ville viennent y puiser de
l'eau, occupation paisible et utile, que ne dédaignaient
pas jadis les filles même des rois. Quand je suis assis là,
la vie patriarcale se retrace vivement à ma mémoire.
Je pense comment c'était au bord des fontaines que
les jeunes gens faisaient connaissance et qu'on arran-
geait les mariages, et que toujours autour des puits
et des sources erraient des génies bienfaisants. Oh !
jamais il ne s'est rafraîchi au bord d'une fontaine après
une route pénible sous un soleil ardent, celui qui ne
sent pas cela comme je le sens !

Tu me demandes si tu dois m'envoyer mes livres ?...
Au nom du ciel, mon ami, ne les laisse pas approcher
de moi ! Je ne veux plus être guidé, excité, enflammé ;
ce cœur fermente assez de lui-même : j'ai bien plutôt
besoin d'un chant qui me berce, et de ceux-là j'en ai
trouvé en abondance dans mon Homère ². Combien de
fois n'ai-je pas à endormir mon sang qui bouillonne !
car tu n'as rien vu de si inégal, de si inquiet que mon
cœur. Ai-je besoin de te le dire, à toi qui as souffert si

souvent de me voir passer de la tristesse à une joie
extravagante, de la douce mélancolie à une passion
furieuse? Aussi je traite mon cœur comme un petit
enfant malade. Je lui cède en tout. Ne le dis à personne:
il y a des gens qui m'en feraient un crime.

15 mai.

Les bonnes gens du hameau me connaissent déjà ;
ils m'aiment beaucoup, surtout les enfants. Il y a peu
de jours encore, quand je m'approchais d'eux, et que,
d'un ton amical, je leur adressais quelque question,
ils s'imaginaient que je voulais me moquer d'eux, et me
quittaient brusquement. Je ne m'en offensai point ;
mais je sentis plus vivement la vérité d'une observation
que j'avais déjà faite. Les hommes d'un certain rang se
tiennent toujours à une froide distance de leurs infé-
rieurs, comme s'ils craignaient de perdre beaucoup en
se laissant approcher, et il se trouve des étourdis et de
mauvais plaisants qui n'ont l'air de descendre jusqu'au
pauvre peuple qu'afin de le blesser encore davantage.

Je sais bien que nous ne sommes pas tous égaux, que
nous ne pouvons l'être ; mais j'estime que celui qui se
croit obligé de se tenir éloigné de ce qu'on nomme la
populace, pour s'en faire respecter, ne vaut pas mieux
que le poltron qui, de peur de succomber, se cache
devant son ennemi.

Dernièrement je me rendis à la fontaine : j'y trouvai
une jeune servante qui avait posé sa cruche sur la dernière marche de l'escalier ; elle cherchait des yeux une
compagne qui l'aidât à mettre le vase sur sa tête. Je
descendis, et la regardai. « Voulez-vous que je vous aide,
mademoiselle ? » lui dis-je. Elle devint rouge comme le
feu. « Oh! monsieur, répondit-elle... — Allons, sans
façons... » Elle arrangea son coussinet, et j'y posai la
cruche. Elle me remercia, et remonta les marches.

17 mai.

J'ai fait des connaissances de tout genre, mais je n'ai pas encore trouvé de société. Je ne sais ce que je puis avoir d'attrayant aux yeux des hommes; ils me recherchent, ils s'attachent à moi, et j'éprouve toujours de la peine quand nous faisons le même chemin, ne fût-ce que pour quelques instants. Si tu me demandes comment sont les gens de ce pays-ci, je te répondrai : « Comme partout. » L'espèce humaine est singulièrement uniforme. La plupart travaillent une grande partie du temps pour vivre, et le peu qui leur en reste de libre leur est tellement à charge, qu'ils cherchent tous les moyens possibles de s'en débarrasser. Ô destinée de l'homme !

Mais ce sont de braves gens. Quand je m'oublie quelquefois à jouir avec eux des plaisirs qui restent encore aux hommes, comme de s'amuser à causer avec cordialité autour d'une table bien servie, d'arranger une partie de promenade en voiture ou un petit bal sans apprêts, tout cela produit sur moi le meilleur effet. Mais il ne faut pas qu'il me souvienne alors qu'il y a en moi d'autres facultés qui se rouillent faute d'être employées, et que je dois cacher avec soin. Cette idée serre le cœur. — Et cependant n'être pas compris, c'est le sort de certains hommes.

Ah ! pourquoi l'amie de ma jeunesse n'est-elle plus [1]! et pourquoi l'ai-je connue ! Je me dirais : « Tu es un fou ; tu cherches ce qui ne se trouve point ici-bas... » Mais je l'ai possédée, cette amie ; j'ai senti ce cœur, cette grande âme, en présence de laquelle je croyais être plus que je n'étais, parce que j'étais tout ce que je pouvais être. Grand Dieu ! une seule faculté de mon âme restait-elle alors inactive ? Ne pouvais-je pas devant elle développer en entier cette puissance admirable avec laquelle mon cœur embrasse la nature ? Notre commerce était un échange continuel des sentiments les plus délicats, des traits les plus vifs de l'esprit, qui, prenant toutes les formes jusqu'à l'impertinence, étaient empreintes de génie. Et maintenant... Hélas! les années qu'elle avait de plus que moi l'ont précipitée avant moi dans la tombe. Jamais je ne l'oublierai ; jamais je n'oublierai sa fermeté d'âme et sa divine indulgence.

Je rencontrai, il y a quelques jours, le jeune V... Il a l'air franc et ouvert ; sa physionomie est fort heureuse. Il sort de l'université ; il ne se croit pas précisément un génie, mais il est au moins bien persuadé qu'il en sait plus qu'un autre. On voit en effet qu'il a travaillé ; en un mot, il possède un certain fonds de connaissances. Comme il avait appris que je dessine et que je sais le grec (deux phénomènes dans ce pays), il s'est attaché à mes pas. Il m'étala tout son savoir depuis Batteux [1] jusqu'à Wood [2], depuis de Piles [3] jusqu'à Winckelmann [4] ; il m'assura qu'il avait lu en entier le premier volume de la Théorie de Sulzer [5], et qu'il possédait un manuscrit de Heyne [6] sur l'étude de l'antique. Je l'ai laissé dire.

Encore un bien brave homme dont j'ai fait la connaissance : c'est le bailli [7] du prince, personnage franc et loyal. On dit que c'est un plaisir de le voir au milieu de ses enfants : il en a neuf ; on fait surtout grand bruit de sa fille aînée. Il m'a invité à l'aller voir ; j'irai au premier jour. Il habite à une lieue et demie d'ici, dans un pavillon de chasse du prince ; il obtint la permission de s'y retirer après la mort de sa femme, le séjour de la ville et de sa maison lui étant devenu trop pénible.

Du reste, j'ai trouvé sur mon chemin plusieurs originaux. Tout en eux est grotesque, insupportable, surtout leurs marques d'amitié.

Adieu. Cette lettre te plaira ; elle est tout historique.

22 mai.

La vie humaine est un songe ; d'autres l'ont dit avant
moi, mais cette idée me suit partout. Quand je considère les bornes étroites dans lesquelles sont circons-
crites les facultés de l'homme, son activité et son intelligence ; quand je vois que nous épuisons toutes nos
forces à satisfaire des besoins, et que ces besoins ne
tendent qu'à prolonger notre misérable existence ; que
notre tranquillité sur certaines questions qui nous
tenaient à cœur n'est qu'une rêverie résignée, semblable à celle de prisonniers qui auraient couvert de pein-
tures variées et de riantes perspectives les murs de
leur cachot ; tout cela, mon ami, me rend muet. Je
rentre en moi-même, et j'y trouve un monde, mais
plutôt en pressentiments et en sombres désirs qu'en
réalités et en action ; et alors tout vacille devant moi,
et je souris, et je m'enfonce plus avant dans l'univers
en rêvant toujours.

Que chez les enfants tout soit irréflexion, c'est ce
que tous nos doctes pédagogues et gouverneurs ne
cessent de répéter. Mais que les hommes faits soient de
grands enfants qui, d'un pas mal assuré, errent sur
ce globe, sans savoir non plus d'où ils viennent et où
ils vont ; qu'ils n'aient point de but plus certain dans
leurs actions, et qu'on les gouverne de même avec du
biscuit, des gâteaux et des verges, c'est ce que personne ne voudra croire ; et, à mon avis, il n'est point
de vérité plus palpable.

Je t'accorde bien volontiers (car je sais ce que tu vas
me dire) que ceux-là sont les plus heureux qui, comme
les enfants, vivent au jour la journée, promènent leur
poupée, l'habillent, la déshabillent, tournent avec
respect devant le tiroir où la maman renferme ses
biscuits, et, quand elle leur en donne, les dévorent avec
avidité, et se mettent à crier : *Encore!*... Oui, voilà
de fortunées créatures! Heureux aussi ceux qui don-

nent un titre imposant à leurs futiles travaux, ou même
à leurs extravagances, et les passent en compte au
genre humain comme des œuvres gigantesques entre-
prises pour son salut et sa prospérité! Grand bien leur
fasse à ceux qui peuvent penser et agir ainsi! Mais
celui qui reconnaît avec humilité où tout cela vient
aboutir; qui voit comme ce petit bourgeois décore son
petit jardin et en fait un paradis, et comme ce malheureux, sous le fardeau qui l'accable, se traîne sur le
chemin sans se rebuter, tous deux également intéressés
à contempler une minute de plus la lumière du soleil,
celui-là, dis-je, est tranquille : il bâtit aussi un monde
en lui-même ; il est heureux aussi d'être homme ;
quelque bornée que soit sa puissance, il entretient
dans son cœur le doux sentiment de la liberté ; il sait
qu'il peut quitter sa prison quand il lui plaira.

26 mai.

Tu connais d'ancienne date ma manière de m'ins-
taller ; tu sais comment, quand je rencontre un lieu
qui me convient, je me fais aisément un petit réduit,
où je vis à peu de frais. Eh bien! j'ai encore trouvé ici
un coin qui m'a séduit et fixé.

A une lieue de la ville est un village nommé
Wahlheim * [1]. Sa situation sur une colline est très
belle ; en montant le sentier qui y conduit, on embrasse
toute la vallée d'un coup d'œil. Une bonne femme,
serviable, et vive encore pour son âge, y tient un petit
cabaret, où elle vend du vin, de la bière et du café.
Mais, ce qui vaut mieux, il y a deux tilleuls dont les
branches touffues couvrent la petite place devant
l'église ; des fermes, des granges, des chaumières,
forment l'enceinte de cette place. Il est impossible de

---

* Nous prions le lecteur de ne point se donner de peine pour
chercher les lieux ici nommés. On s'est vu obligé de changer les véritables noms qui se trouvaient dans l'original.

découvrir un coin plus paisible, plus intime, et qui
me convienne autant. J'y fais porter de l'auberge une
petite table, une chaise ; et là, je prends mon café, je
lis mon Homère. La première fois que le hasard me
conduisit sous ces tilleuls, l'après-midi d'une belle
journée, je trouvai la place entièrement solitaire ;
tout le monde était aux champs ; il n'y avait qu'un
petit garçon de quatre ans assis à terre, ayant entre ses
jambes un enfant de six mois assis de même, qu'il
soutenait de ses petits bras contre sa poitrine, de manière à lui servir de siège. Malgré la vivacité de ses
yeux noirs, qui jetaient partout de rapides regards,
il se tenait fort tranquille. Ce spectacle me fit plaisir ;
je m'assis sur une charrue placée vis-à-vis, et me mis
avec délices à dessiner cette attitude fraternelle. J'y
ajoutai un bout de haie, une porte de grange, quelques roues brisées, pêle-mêle, comme tout cela se ren-
contrait ; et, au bout d'une heure, je me trouvai avoir
fait un dessin bien composé, vraiment intéressant,
sans y avoir rien mis du mien. Cela me confirme dans
ma résolution de m'en tenir désormais uniquement
à la nature : elle seule est d'une richesse inépuisable ;
elle seule fait les grands artistes. Il y a beaucoup à
dire en faveur des règles, comme à la louange des
lois de la société. Un homme qui observe les règles ne
produira jamais rien d'absurde ou d'absolument mauvais ; de même que celui qui se laissera guider par les
lois et les bienséances ne deviendra jamais un voisin
insupportable ni un insigne malfaiteur. Mais, en re-
vanche, toute règle, quoi qu'on dise, étouffera le vrai
sentiment de la nature et sa véritable expression. « Cela
est trop fort ! t'écries-tu ; la règle ne fait que limiter,
qu'élaguer les branches gourmandes. » Mon ami,
veux-tu que je te fasse une comparaison ? Il en est
de ceci comme de l'amour. Un jeune homme se pas-
sionne pour une belle ; il coule près d'elle toutes les

heures de la journée, et prodigue toutes ses facultés, tout ce qu'il possède, pour lui prouver sans cesse qu'il s'est donné entièrement à elle. Survient quelque bon bourgeois, quelque homme en place, qui lui dit : « Mon jeune monsieur, aimer est de l'homme, seulement vous devez aimer comme il sied à un homme. Réglez bien l'emploi de vos instants ; consacrez-en une partie à votre travail et les heures de loisir à votre maîtresse. Consultez l'état de votre fortune : sur votre superflu, je ne vous défends pas de faire à votre amie quelques petits présents ; mais pas trop souvent ; tout au plus le jour de sa fête, l'anniversaire de sa naissance, etc. » Notre jeune homme, s'il suit ces conseils, deviendra fort utilisable, et tout prince fera bien de l'employer dans sa chancellerie ; mais c'en est fait alors de son amour, et, s'il est artiste, adieu son talent. Ô mes amis! pourquoi le torrent du génie déborde-t-il si rarement? Pourquoi si rarement soulève-t-il ses flots et vient-il bouleverser vos âmes saisies d'étonnement? Mes chers amis, c'est que là-bas sur les deux rives habitent des hommes graves et réfléchis, dont les maisonnettes, les petits bosquets, les planches de tulipes et les potagers seraient inondés ; et à force d'opposer des digues au torrent et de lui faire des saignées, ils savent prévenir le danger qui les menace.

27 mai.

Je me suis perdu, à ce que je vois, dans l'enthousiasme, les comparaisons, la déclamation, et, au milieu de tout cela, je n'ai pas achevé de te raconter ce que devinrent les deux enfants. Absorbé dans le sentiment d'artiste qui t'a valu hier une lettre assez décousue, je restai bien deux heures assis sur ma charrue. Vers le soir, une jeune femme [1] tenant un panier à son bras, vient droit aux deux enfants, qui n'avaient pas bougé, et crie de loin : « Philippe, tu es un bon garçon! » Elle me fait un salut que je lui rends. Je me lève, m'approche, et lui demande si elle est la mère de ces enfants. Elle me répond que oui, donne un petit pain blanc à l'aîné, prend le plus jeune, et l'embrasse avec toute la tendresse d'une mère. « J'ai donné, me dit-elle, cet enfant à tenir à Philippe, et j'ai été à la ville, avec mon aîné, chercher du pain blanc, du sucre et un poêlon de terre. » Je vis tout cela dans son panier, dont le couvercle était tombé. « Je ferai ce soir une panade à mon petit Jean (c'était le nom du plus jeune). Hier mon espiègle d'aîné a cassé le poêlon en se battant avec Philippe pour le gratin de la bouillie. » Je demandai où était l'aîné ; à peine m'avait-elle répondu qu'il courait après les oies dans le pré, qu'il revint en sautant, et apportant une baguette de noisetier à son frère cadet. Je continuai à m'entretenir avec cette femme ; j'appris qu'elle était la fille du maître d'école, et que son mari était allé en Suisse pour recueillir la succession d'un cousin. « Ils ont voulu le tromper, me dit-elle ; ils ne répondaient pas à ses lettres. Eh bien, il y est allé lui-même. Pourvu qu'il ne lui soit point arrivé d'accident! Je n'en reçois point de nouvelles. » J'eus de la peine à me séparer de cette femme ; je donnai un kreutzer à chacun des deux enfants, et un autre à la mère, pour acheter un pain blanc au petit pour sa soupe quand elle irait à la ville ; et nous nous quittâmes ainsi.

Mon ami, quand mon sang s'agite et bouillonne, il n'y a rien qui fasse mieux taire tout ce tapage que la vue d'une créature comme celle-ci, qui dans une heureuse paix parcourt chaque jour le cercle étroit de son existence, trouve chaque jour le nécessaire, et voit tomber les feuilles sans penser à autre chose, sinon que l'hiver approche.

Depuis ce temps, je vais là très souvent. Les enfants se sont tout à fait familiarisés avec moi. Je leur donne du sucre en prenant mon café ; le soir, nous partageons les tartines et le lait caillé. Tous les dimanches ils ont leur kreutzer ; et si je n'y suis pas après l'heure de la prière, la cabaretière a ordre de faire la distribution.

Ils ne sont pas farouches, et ils me racontent toutes sortes d'histoires : je m'amuse surtout de leurs petites passions, et de la naïveté de leur jalousie quand d'autres enfants du village se rassemblent autour de moi.

J'ai eu beaucoup de peine à rassurer la mère, toujours inquiète de l'idée « qu'ils incommoderaient Monsieur ».

30 mai.

Ce que je te disais dernièrement de la peinture peut certainement s'appliquer aussi à la poésie. Il ne s'agit que de reconnaître le beau, et d'oser l'exprimer : c'est, à la vérité, demander beaucoup en peu de mots. J'ai été aujourd'hui témoin d'une scène qui, bien rendue, ferait la plus belle idylle du monde. Mais pourquoi ces mots de poésie, de scène, et d'idylle ? Faut-il donc toujours faire le pédant, quand il ne s'agit que de prendre intérêt à un spectacle de la nature ?

Si, après ce début, tu espères du grand et du magnifique, ton attente une fois de plus sera bien trompée. Ce n'est qu'un simple paysan qui a éveillé en moi un intérêt si vif. Selon ma coutume, je raconterai mal ; et je pense que, selon la tienne, tu me trouveras outré. C'est encore Wahlheim, et toujours Wahlheim, qui enfante ces merveilles.

Une société s'était réunie sous les tilleuls pour prendre le café ; comme elle ne me plaisait guère, je trouvai un prétexte pour rester en arrière.

Un jeune paysan sortit d'une maison voisine, et vint raccommoder quelque chose à la charrue que j'ai dernièrement dessinée. Son air me plut ; je l'accostai ; je lui adressai quelques questions sur sa situation ;

et en un moment la connaissance fut faite d'une manière assez intime, comme il m'arrive ordinairement avec ces bonnes gens. Il me raconta qu'il était au service d'une veuve qui le traitait avec bonté. Il m'en parla tant, et en fit tellement l'éloge, que je découvris bientôt qu'il s'était dévoué à elle de corps et d'âme. « Elle n'est plus jeune, me dit-il ; elle a été malheureuse avec son premier mari, et ne veut point se remarier. » Tout son récit montrait si vivement combien à ses yeux elle était belle, ravissante, à quel point il souhaitait qu'elle voulût faire choix de lui pour effacer le souvenir des torts du défunt, qu'il faudrait te répéter ses paroles mot pour mot, si je voulais te peindre la pure inclination, l'amour et la fidélité de cet homme. Il faudrait posséder le talent du plus grand poète pour rendre l'expression de ses gestes, l'harmonie de sa voix, et le feu secret de ses regards. Non, aucun langage ne représenterait la tendresse qui se manifestait dans toute sa manière d'être et de s'exprimer ; je ne ferais rien que de gauche et de lourd. Je fus particulièrement touché des craintes qu'il avait que je ne vinsse à concevoir des idées injustes sur ses rapports avec elle, ou à la soupçonner d'une conduite qui ne fût pas irréprochable. Ce n'est que dans le plus profond de mon cœur que je puis me redire combien il était charmant de l'entendre parler de son allure, de son corps, qui, dépourvu des charmes de la jeunesse, le séduisait et l'enchaînait irrésistiblement. De ma vie je n'ai vu désirs plus ardents, accompagnés de tant de pureté ; je puis même le dire, je n'avais jamais imaginé, rêvé cette pureté. Ne me gronde pas si je t'avoue qu'au souvenir de tant d'innocence et d'amour vrai, je me sens consumer ; que l'image de cette fidélité et de cette tendresse me poursuit partout ; et que, comme embrasé des mêmes feux, je languis, je me consume.

Je vais chercher à la voir au plus tôt elle aussi. Mais

non, en y pensant bien, je ferais mieux de m'en abste-
nir. Il vaut mieux la voir par les yeux de son amant ;
peut-être aux miens ne paraîtrait-elle pas telle qu'elle
est à présent devant moi, et pourquoi me gâter la
belle image ?

16 juin.

Pourquoi je ne t'écris pas ? tu peux me demander
cela, toi qui es si savant. Tu devrais deviner que je me
trouve bien, et même... Bref, j'ai fait une connaissance
qui touche de plus près à mon cœur. J'ai... je n'en
sais rien.

Te raconter par ordre comment il s'est fait que je
suis venu à connaître une des plus aimables créatures,
cela serait difficile. Je suis content et heureux, par
conséquent mauvais historien.

Un ange !... Fi ! chacun en dit autant de la sienne,
n'est-ce pas ? Et pourtant je ne suis pas en état de
t'expliquer combien elle est parfaite, pourquoi elle est
parfaite. Il suffit, elle a asservi tout mon être.

Tant d'ingénuité avec tant d'esprit ! tant de bonté
avec tant de force de caractère ! et le repos de l'âme au
milieu de la vie la plus active !...

Tout ce que je dis là d'elle n'est que du verbiage, de
pitoyables abstractions qui ne rendent pas un seul de
ses traits. Une autre fois... Non, pas une autre fois. Je
vais te le raconter tout de suite. Si je ne le fais pas à
l'instant, cela ne se fera jamais ; car, entre nous, depuis
que j'ai commencé ma lettre, j'ai déjà été tenté trois
fois de jeter ma plume, et de faire seller mon cheval
pour sortir. Cependant je m'étais promis ce matin que
je ne sortirais point. A tout moment je vais voir à la
fenêtre si le soleil est encore bien haut...

Je n'ai pu résister ; il a fallu aller chez elle. Me voilà
de retour, Wilhelm ; je vais manger une tartine pour
mon souper et t'écrire. Quelles délices pour mon âme

que de la contempler, au milieu du cercle de ses frères et sœurs, ces huit enfants si vifs, si aimables!...

Si je continue sur ce ton, tu ne seras guère plus instruit à la fin qu'au commencement. Écoute donc ; je vais me forcer à entrer dans les détails.

Je te mardai l'autre jour que j'avais fait la connaissance du bailli S..., et qu'il m'avait prié de l'aller voir bientôt dans son ermitage, ou plutôt dans son petit royaume. Je négligeai son invitation, et je n'aurais peut-être jamais été le visiter, si le hasard ne m'eût découvert le trésor enfoui dans cette tranquille retraite.

Nos jeunes gens avaient arrangé un bal à la campagne [1], je consentis à être de la partie. J'offris la main à une jeune personne de cette ville, douce, jolie, mais du reste assez insignifiante. Il fut réglé que je conduirais ma danseuse et sa cousine en voiture au lieu de la réunion, et que nous prendrions en chemin Charlotte S... «Vous allez voir une bien jolie personne », me dit ma compagne, quand nous traversions la longue forêt éclaircie qui conduit au pavillon de chasse. « Prenez garde de devenir amoureux, ajouta la cousine. — Pourquoi donc ? — Elle est déjà promise à un galant homme [2], que la mort de son père a obligé de s'absenter pour ses affaires, et qui est allé solliciter un emploi important. » J'appris ces détails avec assez d'indifférence.

Le soleil était encore à un quart d'heure de la montagne, quand notre voiture s'arrêta devant la porte de la cour. L'air était lourd ; les dames témoignèrent leur crainte d'un orage que semblaient annoncer les nuages grisâtres et sombres amoncelés tout autour à l'horizon. Je dissipai leur inquiétude en affectant des connaissances météorologiques, quoique je commençasse moi-même à me douter que la fête serait troublée.

J'avais mis pied à terre : une servante qui parut à la porte nous pria d'attendre un instant Mlle Charlotte, qui allait descendre. Je traversai la cour pour m'appro-

cher de cette maison bien bâtie ; je montai les marches
du perron, et en franchissant le seuil, j'eus le plus ravis-
sant spectacle que j'aie vu de ma vie. Six enfants,
de deux ans jusqu'à onze, se pressaient autour d'une
jeune fille d'une taille moyenne mais bien prise. Elle
avait une simple robe blanche, avec des nœuds cou-
leur de rose pâle aux bras et au sein. Elle tenait un
pain bis, dont elle distribuait des morceaux à chacun
de ses petits, en proportion de son âge et de son appé-
tit. Elle donnait avec tant de douceur, et chacun
disait *merci* avec tant de naïveté! Toutes les petites
mains étaient en l'air avant que le morceau fût coupé.
A mesure qu'ils recevaient leur souper, les uns s'en
allaient en sautant ; les autres, plus posés, se rendaient
à la porte de la cour pour voir les belles dames et la
voiture qui devait emmener leur chère Lolotte. « Je
vous demande pardon, me dit-elle, de vous avoir donné
la peine de monter, et je suis fâchée de faire attendre
ces dames. Ma toilette et les petits soins du ménage
pour le temps de mon absence m'ont fait oublier de
donner à goûter aux enfants, et ils ne veulent pas que
d'autres que moi leur coupent du pain. » Je lui fis un
compliment insignifiant, et mon âme tout entière
s'attachait à sa figure, à sa voix, à son maintien. J'eus
à peine le temps de me remettre de ma surprise pendant qu'elle courut dans une chambre voisine prendre
ses gants et son éventail. Les enfants me regardaient
à quelque distance et de côté. J'avançai vers le plus
jeune, qui avait une physionomie très heureuse : il
reculait effarouché, quand Charlotte entra, et lui dit :
« Louis, donne la main à Monsieur ton cousin. » Il me
la donna sans aucune gêne ; et, malgré son petit nez
morveux, je ne pus m'empêcher de l'embrasser de bien
bon cœur. « Cousin! dis-je ensuite en présentant la
main à Charlotte ; croyez-vous que je sois digne du
bonheur de vous être allié? — Oh! reprit-elle avec un

4

sourire malin, notre parenté est si étendue, j'ai tant de
cousins, et je serais bien fâchée que vous fussiez le
moins bon de la famille! » En partant, elle chargea
Sophie, l'aînée après elle et âgée d'environ onze ans,
d'avoir l'œil sur les enfants, et d'embrasser le papa
quand il reviendrait de sa promenade. Elle dit aux
petits : « Vous obéirez à votre sœur Sophie comme à
moi-même? » Quelques-uns le promirent ; mais une
petite blondine, d'à peu près six ans, dit d'un air
entendu : « Ce ne sera cependant pas toi, Lolotte! et
nous aimons bien mieux que ce soit toi. » Les deux aînés
des garçons étaient grimpés derrière la voiture : à ma
prière, elle leur permit d'y rester jusqu'à l'entrée du
bois, pourvu qu'ils promissent de ne pas se faire des
niches et de ne pas lâcher prise.

On se place. Les dames avaient eu à peine le temps
de se faire les compliments d'usage, de se communiquer leurs remarques sur leur toilette, particulièrement sur les chapeaux, et de passer en revue la société
qu'on s'attendait à trouver, lorsque Charlotte ordonna
au cocher d'arrêter, et fit descendre ses frères. Ils la
prièrent de leur donner encore une fois sa main à
baiser : l'aîné y mit toute la tendresse d'un jeune
homme de quinze ans, le second beaucoup d'étourderie
et de vivacité. Elle les chargea de mille caresses pour les
petits, et nous continuâmes notre route.

« Avez-vous achevé, dit la cousine, le livre que je
vous ai envoyé? — Non, répondit Charlotte, il ne me
plaît pas ; vous pouvez le reprendre. Le précédent ne
valait pas mieux. » Je fus curieux de savoir quels
étaient ces livres. A ma grande surprise, j'appris que
c'étaient les œuvres de... *. Je trouvais un grand sens

---

* Nous nous voyons obligé de supprimer ce passage, afin de ne
causer de peine à personne, quelque peu d'importance que puisse
attacher un écrivain aux jugements d'une jeune fille isolée et d'un
jeune homme à l'esprit aussi inconstant.

dans tout ce qu'elle disait ; je découvrais, à chaque mot, de nouveaux charmes, de nouveaux rayons d'esprit, dans ses traits, que semblait peu à peu épanouir la joie de sentir que je la comprenais.

« Quand j'étais plus jeune, dit-elle, je n'aimais rien tant que les romans. Dieu sait quel plaisir c'était pour moi de me retirer le dimanche dans un petit coin, pour partager de toute mon âme la félicité ou les infortunes d'une miss Jenny [1]! Je ne nie même pas que ce genre n'ait encore pour moi quelque charme ; mais, puisque j'ai si rarement aujourd'hui le temps de prendre un livre, il faut du moins que celui que je lis soit entièrement de mon goût. L'auteur que je préfère est celui qui me fait retrouver le monde où je vis, et qui peint ce qui m'entoure, celui dont les récits intéressent mon cœur et me charment autant que ma vie domestique, qui, sans être un paradis, est cependant pour moi la source d'un bonheur inexprimable. »

Je m'efforçai de cacher l'émotion que me donnaient ces paroles ; je n'y réussis pas longtemps. Lorsque je l'entendis parler incidemment avec tant de vérité du *Vicaire de Wakefield* et de [*]... [*]; je fus transporté hors de moi, et me mis à lui dire tout ce que je savais. Ce fut seulement après quelque temps, quand Charlotte adressa la parole à nos compagnes que je m'aperçus qu'elles étaient restées là, pendant tout ce temps, les yeux grands ouverts, comme si elles n'eussent pas été présentes. La cousine me regarda plus d'une fois d'un petit nez moqueur, ce dont je m'embarrassai fort peu.

La conversation tomba sur le plaisir de la danse. « Cette passion fût-elle un défaut, dit Charlotte, je vous

[*] On a supprimé ici les noms de quelques-uns de nos auteurs ; celui qui partage le sentiment de Charlotte à leur égard trouvera leurs noms dans son cœur, s'il venait à lire ce passage et quant aux autres qu'ont-ils besoin de le savoir ?

avouerai franchement que je ne connais rien au-dessus
de la danse. Quand j'ai quelque chose qui me tourmente,
je n'ai qu'à taper une contredanse sur mon clavecin
désaccordé, et tout est dissipé. »

Comme je dévorais ses yeux noirs pendant cet entretien! Comme mon âme était attirée sur ses lèvres si
vivantes, sur ses joues si fraîches et animées! Comme,
perdu dans le sens exquis de ses discours, souvent je
n'entendais pas les mots qu'elle employait!... Tu auras
une idée de tout cela, toi qui me connais. Bref, quand
nous arrivâmes devant le lieu de la réunion, quand je
descendis de voiture, j'étais comme un homme qui
rêve, et tellement enseveli dans le monde des rêves au
milieu des ténèbres qui m'entouraient, qu'à peine je
remarquai la musique, dont l'harmonie venait au-devant de nous du fond de la salle illuminée.

Les deux MM. Audran et un certain N... N... (comment retenir tous ces noms?), qui étaient les danseurs
de la cousine et de Charlotte, nous reçurent à la portière,
s'emparèrent de leurs dames, et je montai avec la
mienne.

Nous nous entrecroisâmes dans des menuets. Je
priai toutes les femmes l'une après l'autre, et les
plus maussades étaient justement celles qui ne pouvaient se déterminer à donner la main pour en finir.
Charlotte et son danseur commencèrent une anglaise,
et tu sens combien je fus charmé quand elle vint à son
tour figurer avec nous! Il faut la voir danser. Elle y
est, vois-tu, de tout son cœur, de toute son âme ; tout
en elle est harmonie ; elle est si peu gênée, si libre, qu'il
semble qu'il n'y ait rien d'autre pour elle, qu'elle ne sente
rien au monde, ne pense à rien qu'à la danse ; et sans
doute, en ce moment, tout le reste disparaît pour elle.

Je la priai pour la seconde contredanse ; elle accepta
pour la troisième, et m'assura avec la plus aimable
franchise qu'elle dansait très volontiers les allemandes.

« C'est ici la mode, continua-t-elle, que pour les allemandes chacun conserve la danseuse qu'il amène ; mais mon cavalier valse mal, et il me saura gré de l'en dispenser. Votre dame n'y est pas exercée ; elle ne s'en soucie pas non plus. J'ai remarqué, dans les anglaises, que vous valsiez bien : si donc vous désirez que nous valsions ensemble, allez me demander à mon cavalier, et je vais en parler de mon côté à votre dame. » J'acceptai la proposition, et il fut bientôt arrangé que pendant notre valse le cavalier de Charlotte causerait avec ma danseuse.

On commença l'allemande. Nous nous amusâmes d'abord à mille passes de bras. Quelle grâce, que de souplesse dans tous ses mouvements! Quand on en vint aux valses, et que nous roulâmes les uns autour des autres comme les sphères célestes, il y eut d'abord quelque confusion, peu de danseurs étant au fait. Nous fûmes assez prudents pour attendre qu'ils eussent jeté leur feu ; et les plus gauches ayant renoncé à la partie, nous nous emparâmes du parquet, et reprîmes avec une nouvelle ardeur, accompagnés par Audran et sa danseuse. Jamais je ne me sentis si agile. Je n'étais plus un homme. Tenir dans ses bras la plus charmante des créatures! Voler avec elle comme l'orage! Voir tout passer, tout s'évanouir autour de soi! Sentir!... Wilhelm, pour être sincère, je fis alors le serment qu'une femme que j'aimerais, sur laquelle j'aurais des prétentions, ne valserait jamais qu'avec moi, dussé-je périr! tu me comprends.

Nous fîmes quelques tours de salle en marchant, pour reprendre haleine ; après quoi elle s'assit. J'allai lui chercher des oranges que j'avais mises en réserve ; c'étaient les seules qui fussent restées. Ce rafraîchissement lui fit grand plaisir ; mais à chaque quartier qu'elle offrait, par procédé, à une indiscrète voisine, je me sentais percé d'un coup de stylet.

A la troisième contredanse anglaise, nous étions le
second couple. Comme nous descendions la colonne, et
que moi, Dieu sait avec quel ravissement, je dansais
avec elle, enchaîné à son bras et à ses yeux, où brillait
le plaisir le plus pur et le plus innocent, nous vînmes
figurer devant une femme qui n'était pas de la première jeunesse, mais qui m'avait frappé par son aimable
physionomie. Elle regarda Charlotte en souriant, la
menaça du doigt, et prononça deux fois en passant le
nom d'Albert, d'un ton significatif.

« Quel est cet Albert, dis-je à Charlotte, s'il n'y a
point d'indiscrétion à le demander ? » Elle allait me
répondre, quand il fallut nous séparer pour faire la
grande chaîne. En repassant devant elle, je crus remarquer une expression pensive sur son front. « Pourquoi
vous le cacherais-je ? me dit-elle en m'offrant la main
pour la promenade, Albert est un galant homme auquel
je suis pour ainsi dire promise. » Ce n'était point
une nouvelle pour moi, puisque les jeunes filles me
l'avaient dit en chemin; et pourtant cette idée me
frappa comme une chose inattendue, lorsqu'il fallut
l'appliquer à une personne que quelques instants
avaient suffi pour me rendre si chère. Je me troublai,
je me perdis, je brouillai les figures, tout fut dérangé;
il fallut que Charlotte me menât, en me tirant de côté
et d'autre ; elle eut besoin de toute sa présence d'esprit pour rétablir l'ordre.

La danse n'était pas encore finie, que les éclairs, qui
brillaient depuis longtemps à l'horizon, et que j'avais
toujours donnés pour des éclairs de chaleur, commencèrent à devenir beaucoup plus forts ; le bruit du tonnerre couvrit la musique. Trois femmes s'échappèrent
des rangs ; leurs cavaliers les suivirent ; le désordre
devint général, et l'orchestre se tut. Il est naturel,
lorsqu'un accident ou une terreur subite nous surprend
au milieu d'un plaisir, que l'impression en soit plus

grande qu'en tout autre temps, soit à cause du contraste qui se fait ainsi sentir vivement, soit parce que
tous nos sens, déjà mis en éveil, sont plus prompts à
éprouver une émotion. C'est à cela que j'attribue les
étranges grimaces que je vis faire à plusieurs femmes.
La plus sensée alla se réfugier dans un coin, le dos tourné
à la fenêtre, et se boucha les oreilles. Une autre, à
genoux, devant elle, cachait sa tête dans le sein de la
première. Une troisième, qui s'était glissée entre les
deux, embrassait sa petite sœur en versant des larmes.
Quelques-unes voulaient retourner chez elles ; d'autres, qui savaient encore moins ce qu'elles faisaient,
n'avaient plus même assez de présence d'esprit pour
réprimer l'audace de nos jeunes étourdis, qui semblaient
fort occupés à intercepter, sur les lèvres des belles
éplorées, les ardentes prières qu'elles adressaient au
ciel. Une partie des hommes étaient descendus pour
fumer tranquillement leur pipe ; le reste de la société
accepta la proposition de l'hôtesse, qui s'avisa,
fort à propos, de nous indiquer une chambre où il y
avait des volets et des rideaux. A peine fûmes-nous
entrés, que Charlotte se mit à former un cercle de toutes les chaises ; et, tout le monde s'étant assis à sa
prière, elle proposa un jeu.

A ce mot, je vis plusieurs de nos jeunes gens, dans
l'espoir d'un doux gage, se rengorger d'avance et se
donner un air aimable. « Nous allons jouer *à compter*,
dit-elle ; faites attention ! Je vais tourner toujours de
droite à gauche ; il faut que chacun nomme le nombre
qui lui échoit : cela doit aller comme un feu roulant. Qui
hésite ou se trompe reçoit un soufflet, et ainsi de suite,
jusqu'à mille. » C'était amusant à voir ! Elle tournait
en rond, le bras tendu. Un, dit le premier ; deux, le
second ; trois, le suivant, etc. Alors elle alla plus vite,
toujours plus vite. L'un manque : paf ! un soufflet. Le
voisin rit, manque aussi : paf ! nouveau soufflet, et elle

d'augmenter de vitesse. J'en reçus deux pour ma part,
et crus remarquer, avec un plaisir secret, qu'elle me les
appliquait plus fort qu'à tout autre. Des éclats de
rire et un vacarme universel mirent fin au jeu avant que
l'on eût compté jusqu'à mille. Alors les intimes formè-
rent des groupes à part. L'orage·était passé. Moi, je
suivis Charlotte dans la salle. « Les soufflets, me dit-
elle en chemin, leur ont fait oublier le tonnerre et tout. »
Je ne pus rien lui répondre. « J'étais une des plus
peureuses, continua-t-elle ; mais en affectant du courage pour en donner aux autres, je suis vraiment
devenue courageuse. » Nous nous approchâmes de la
fenêtre. Le tonnerre se faisait encore entendre dans le
lointain ; une pluie bienfaisante tombait avec un doux
bruit sur la terre, et l'air tiède nous apportait par
bouffées des parfums délicieux. Charlotte était appuyée
sur son coude ; elle promena ses regards sur la campagne, elle les porta vers le ciel, elle les ramena sur
moi, et je vis ses yeux remplis de larmes. Elle posa sa
main sur la mienne, et dit : « O Klopstock ! » [1] Je me
rappelai aussitôt l'ode sublime qui occupait sa pensée,
et je me sentis abîmé dans le torrent de sentiments
qu'elle versait sur moi en cet instant. Je ne pus le
supporter ; je me penchai sur sa main, que je baisai
en la mouillant de larmes délicieuses ; et de nouveau
je contemplai ses yeux... Divin Klopstock ! Que n'as-tu
vu ton apothéose dans ce regard ! Et moi puissé-je
ne plus entendre de ma vie prononcer ton nom si
souvent profané !

19 juin.

Je ne sais plus où dernièrement j'en suis resté de
mon récit. Tout ce que je sais, c'est qu'il était deux
heures du matin quand je me couchai, et que, si j'avais
pu causer avec toi, au lieu d'écrire, je t'aurais peut-être
tenu jusqu'au grand jour.

Je ne t'ai pas conté ce qui s'est passé à notre retour
du bal ; mais le temps me manque aujourd'hui.

C'était le plus beau lever de soleil ! Il était charmant
de traverser la forêt humide et les campagnes rafraî-
chies. Nos deux voisines s'assoupirent. Elle me demanda si je ne voulais pas en faire autant. « De grâce,
me dit-elle, ne vous gênez pas pour moi. — Tant que
je vois ces yeux ouverts, lui répondis-je (et je la
regardais fixement), pas de danger ! » Nous tînmes bon
jusqu'à sa porte. Une servante vint doucement nous
ouvrir, et, sur ses questions, l'assura que son père et les
enfants se portaient bien et dormaient encore. Je la
quittai en lui demandant la permission de la revoir
le jour même ; elle y consentit, et je l'ai revue. Depuis
ce temps, soleil, lune, étoiles, peuvent s'arranger à leur
fantaisie ; je ne sais plus quand il est jour, quand il est
nuit : l'univers autour de moi a disparu.

21 juin.

Je coule des jours aussi heureux que ceux que Dieu
réserve à ses élus ; quelque chose qui m'arrive désormais, je ne pourrai pas dire que je n'ai pas connu les
joies, les joies les plus pures de la vie. Tu connais mon
Wahlheim, j'y suis entièrement établi ; de là je n'ai
qu'une demi-lieue jusqu'à Charlotte ; là je me sens
moi-même, je jouis de toute la félicité qui a été donnée
à l'homme.

L'aurais-je pensé, quand je prenais ce Wahlheim
pour but de mes promenades, qu'il était si près du
ciel ? Combien de fois, dans mes longues courses,
tantôt du haut de la montagne, tantôt de la plaine
au-delà de la rivière, ai-je aperçu ce pavillon qui renferme aujourd'hui tous mes vœux !

Cher Wilhelm, j'ai réfléchi sur ce désir de l'homme de
s'étendre, de faire de nouvelles découvertes, d'errer
çà et là ; et aussi sur ce penchant intérieur à se res-

treindre volontairement, à se borner, à suivre l'ornière de l'habitude, sans plus s'inquiéter de ce qui est à droite et à gauche.

C'est singulier! Lorsque je vins ici, et que de la colline je contemplai cette belle vallée, comme je me sentis attiré de toutes parts! Ici le petit bois... Ah! si tu pouvais t'enfoncer sous son ombrage!... Là une cime de montagne... Ah! si de là tu pouvais embrasser la vaste étendue!... Ces collines l'une à l'autre enchaînées et ces paisibles vallons... Oh! que ne puis-je m'y perdre! J'y volais, et je revenais sans avoir trouvé ce que je cherchais. Il en est de l'éloignement comme de l'avenir : un horizon immense, mystérieux, repose devant notre âme ; le sentiment s'y perd comme notre œil, et nous aspirons, hélas! à donner notre existence entière pour nous remplir de toutes les délices d'un sentiment unique, grand et majestueux. Nous courons, nous volons ; mais hélas! quand nous y sommes, quand le lointain est devenu proche, rien n'est changé, et nous nous retrouvons avec notre misère, avec nos étroites limites ; et de nouveau notre âme soupire après le bonheur qui vient de lui échapper.

Ainsi le plus turbulent vagabond soupire à la fin après sa patrie, et trouve dans sa cabane, auprès de sa femme, dans le cercle de ses enfants, dans les soins qu'il se donne pour leur nourriture, les délices qu'il cherchait vainement dans le vaste monde.

Lorsque le matin, dès le lever du soleil, je me rends à mon cher Wahlheim ; que j'y cueille moi-même mes pois gourmands dans le jardin de mon hôtesse ; que je m'assieds pour en ôter les fils, en lisant Homère ; que je choisis un pot dans la petite cuisine ; que je coupe du beurre, mets mes pois sur le fourneau, les couvre, et m'assieds auprès pour les remuer de temps en temps, alors je sens vivement comment les hardis prétendants de Pénélope pouvaient tuer, dépecer et faire rôtir les

bœufs et les pourceaux [1]. Il n'y a rien qui me remplisse
d'un sentiment doux et vrai comme ces traits de la vie
patriarcale, que je puis sans affectation, grâce à Dieu,
rattacher à mon genre de vie.

Que je suis heureux d'avoir un cœur fait pour sentir
la joie innocente et simple de l'homme qui met sur sa
table le chou qu'il a lui-même élevé! Il ne jouit pas
seulement du chou, mais il se représente en un seul
instant toutes ces bonnes journées, la belle matinée où
il le planta, les délicieuses soirées où il l'arrosa, et le
plaisir qu'il éprouvait chaque jour en le voyant croître.

29 juin.

Avant-hier le médecin vint de la ville voir le bailli. Il
me trouva à terre, parmi les enfants de Charlotte. Les
uns grimpaient sur moi, les autres me taquinaient, moi
je les chatouillais, et tous ensemble nous faisions un
bruit épouvantable. Le docteur, véritable poupée
savante, toujours occupé en parlant d'arranger les plis
de ses manchettes et d'étaler un énorme jabot, trouva
cela au-dessous de la dignité d'un homme sensé. Je
m'en aperçus bien à sa mine. Je n'en fus point décon-
certé. Je lui laissai débiter les choses les plus profondes,
et je relevai le château de cartes que les enfants avaient
renversé. Aussi, de retour à la ville, le docteur n'a-t-il
pas manqué de dire à qui a voulu l'entendre que les
enfants du bailli n'étaient déjà que trop mal élevés,
mais que ce Werther achevait maintenant de les
gâter tout à fait.

Oui, cher Wilhelm, c'est aux enfants que mon cœur
s'intéresse le plus sur la terre. Quand je les observe, et
que je vois dans ces petits êtres le germe de toutes les
vertus, de toutes les facultés qu'ils auront si grand
besoin de développer un jour ; quand je découvre dans
leur opiniâtreté ce qui deviendra constance et force
de caractère ; quand je reconnais dans leur pétulance et

leurs espiègleries mêmes l'humeur gaie et légère qui les
fera glisser à travers les écueils de la vie ; et tout cela
si franc, si pur !... alors je répète sans cesse les paroles
du Maître : *Si vous ne devenez comme de petits enfants...*
Et cependant, mon ami, ces enfants, nos égaux, et que
nous devrions prendre pour modèles, nous les traitons
comme nos sujets !... Il ne faut pas qu'ils aient des volontés !... N'avons-nous pas les nôtres ? Où donc est
notre privilège ? Est-ce parce que nous sommes plus
âgés et plus sages ? Dieu du ciel ! tu vois de vieux enfants et de jeunes enfants, et rien de plus ; et depuis
longtemps ton Fils nous a fait connaître ceux qui te
plaisent davantage. Mais ils croient en lui et ne l'écou-
tent point (c'est encore là une ancienne vérité), et ils
rendent leurs enfants semblables à eux-mêmes, et...
Adieu, Wilhelm ; je ne veux pas radoter davantage
là-dessus.

1er juillet.

Tout ce que Charlotte doit être pour un malade, je
le sens à mon pauvre cœur, plus souffrant que tel qui
languit malade dans un lit. Elle va passer quelques
jours à la ville, chez une excellente femme qui, d'après
l'aveu des médecins, approche de sa fin, et dans ses
derniers moments, veut avoir Charlotte auprès d'elle.
J'allai, la semaine dernière, visiter avec elle le pasteur
de Saint-..., petit village situé dans les montagnes,
à une lieue d'ici. Nous y arrivâmes sur les quatre heures.
Charlotte avait emmené sa sœur cadette. Lorsque nous
entrâmes dans la cour du presbytère, ombragée par
deux gros noyers, nous vîmes le bon vieillard assis sur
un banc, à la porte de la maison. Dès qu'il aperçut
Charlotte, il sembla reprendre une vie nouvelle ; il
oublia son bâton noueux, et se hasarda à venir au-
devant d'elle. Elle courut à lui, le força de se rasseoir,
se mit à ses côtés, lui présenta les salutations de son

père, et embrassa son vilain et sale petit dernier,
l'enfant gâté de sa vieillesse. Si tu avais vu comme elle
s'occupait du vieillard ; comme elle élevait la voix
pour se faire entendre de lui, car il est à moitié sourd ;
comme elle lui racontait la mort subite de jeunes
gens robustes ; comme elle vantait la vertu des eaux
de Carlsbad, en approuvant sa résolution d'y passer
l'été prochain ; comme elle trouvait qu'il avait bien
meilleur visage et l'air plus vif depuis qu'elle ne l'avait
vu! Pendant ce temps j'avais rendu mes devoirs à la
femme du pasteur. Le vieillard était tout à fait joyeux.
Comme je ne pus m'empêcher de louer les beaux noyers
qui nous prêtaient un ombrage si agréable, il se mit,
quoique avec quelque difficulté, à nous faire leur histoire. « Quant au vieux, dit-il, nous ignorons qui l'a
planté : les uns nomment tel pasteur, les autres tel
autre. Mais le jeune là-bas, au fond, est de l'âge de ma
femme, cinquante ans au mois d'octobre. Son père le
planta le matin du jour de sa naissance : elle vint au
monde vers le soir. C'était mon prédécesseur. On ne
peut dire combien cet arbre lui était cher: il ne me l'est
certainement pas moins. Ma femme tricotait, assise
sur une poutre, au pied de ce noyer, lorsque, pauvre
étudiant, j'entrai pour la première fois dans cette cour,
il y a vingt-sept ans. » — Charlotte lui demanda où
était sa fille : on nous dit qu'elle était allée à la prairie,
avec M. Schmidt, voir les ouvriers ; et le vieillard
continua son récit. Il nous conta comment son
prédécesseur l'avait pris en affection, comment il
plut à la jeune fille, comment il devint d'abord le
vicaire du père, et puis son successeur. Il venait à
peine de finir son histoire lorsque sa fille, accompagnée
de M. Schmidt, revint par le jardin. Elle fit à Charlotte l'accueil le plus empressé et le plus cordial. Je
dois avouer qu'elle ne me déplut pas. C'est une petite
brune, vive et bien faite qui, pour quelques jours,

ferait passer agréablement le temps à la campagne.
Son amant (car c'est ainsi que se présenta aussitôt
M. Schmidt), homme de bon ton, mais peu loquace,
ne se mêla point de notre conversation, quoique
Charlotte l'y excitât sans cesse. Ce qui me fit le plus de
peine, c'est que je crus remarquer, à l'expression de sa
physionomie, que c'était plutôt par caprice ou mauvaise humeur que par défaut d'esprit qu'il se
dispensait d'y prendre part. Malheureusement cela
devint bientôt par trop clair : car, dans un tour de
promenade que nous fîmes, Frédérique s'étant attachée
à Charlotte et se trouvant aussi quelquefois seule avec
moi, le visage de M. Schmidt, déjà brun naturellement,
se couvrit d'une teinte si sombre, qu'il était temps que
Charlotte me tirât par le bras et me fît entendre que
j'avais été trop galant auprès de Frédérique. Or, rien
ne me fait tant de peine que de voir les hommes se
tourmenter mutuellement ; mais je souffre surtout
quand des jeunes gens, à la fleur de l'âge, et dont le
cœur serait disposé à s'ouvrir à tous les plaisirs, gâtent par des sottises le peu de beaux jours qui leur
sont réservés, sauf à s'apercevoir trop tard de l'irré-
parable gaspillage qu'ils en ont fait. Cela m'agitait ;
et lorsque le soir, de retour au presbytère, nous nous
mîmes à table pour prendre du lait, la conversation
étant tombée sur les peines et les plaisirs de la vie, je ne
pus m'empêcher de saisir cette occasion pour parler de
toute ma force contre la mauvaise humeur. « Nous
nous plaignons souvent, dis-je, que nous avons si peu
de beaux jours et tant de mauvais ; il me semble que
la plupart du temps nous nous plaignons à tort. Si
notre cœur était toujours ouvert au bien que Dieu
nous envoie chaque jour, nous aurions alors assez de
forces pour supporter le mal quand il se présente. —
Mais nous ne sommes pas maîtres de notre humeur,
dit la femme du pasteur ; combien elle dépend du

corps! Quand on ne se sent pas bien, rien ne plaît, on est mal partout. » Je lui accordai cela. « Ainsi traitons la mauvaise humeur, continuai-je, comme une maladie, et demandons-nous s'il n'y a point de moyen de guérison. — C'est bien cela, dit Charlotte ; et je crois que du moins nous y pouvons beaucoup. Je le sais par expérience. Si quelque chose me tourmente et que je me sente attristée, je me sauve : à peine ai-je chanté deux ou trois airs de danse, en me promenant dans le jardin, que tout est dissipé. — C'est ce que je voulais dire, repris-je : il en est de la mauvaise humeur comme de la paresse, car c'est une espèce de paresse ; notre nature est fort encline à l'indolence ; et cependant, si nous avons la force de nous évertuer, le travail se fait avec aisance, et nous trouvons un véritable plaisir dans l'activité. » Frédérique m'écoutait attentivement. Le jeune homme m'objecta que l'on n'était pas maître de soi-même, et que rien ne se commandait moins que les sentiments. « Il s'agit ici, répliquai-je, d'un sentiment désagréable, dont chacun serait bien aise d'être délivré, et personne ne connaît l'étendue de ses forces avant de les avoir mises à l'épreuve. Assurément un malade consultera tous les médecins, et il ne refusera pas le régime le plus austère, les potions les plus amères, pour recouvrer sa santé si précieuse. » Je vis que le bon vieillard faisait des efforts pour écouter notre conversation ; j'élevai la voix, en lui adressant la parole. « On prêche contre tant de vices, lui dis-je ; je ne sache point qu'on se soit occupé, en chaire, de la mauvaise humeur *. — C'est aux prédicateurs des villes à le faire, répondit-il ; les gens de la campagne ne connaissent pas l'humeur. Il n'y aurait pourtant pas de mal d'en dire quelque

* Nous avons maintenant un excellent sermon de Lavater [1] sur ce sujet, parmi ses sermons sur le livre de Jonas.

chose de temps en temps : ce serait une leçon pour ma femme au moins, et pour Monsieur le bailli. » Tout le monde rit ; il rit lui-même de bon cœur, jusqu'à ce qu'il lui prît une toux qui interrompit quelque temps notre entretien. Le jeune homme reprit la parole : « Vous avez nommé la mauvaise humeur un vice ; cela me semble exagéré. — Pas du tout, lui répondis-je, si ce qui nuit à soi-même et au prochain mérite ce nom. N'est-ce pas assez que nous ne puissions pas nous rendre mutuellement heureux ? faut-il encore nous priver les uns les autres du plaisir que chacun peut goûter au fond de son cœur ? Nommez-moi l'homme de mauvaise humeur qui est assez sage pour la cacher, pour la supporter seul, sans troubler la joie de ceux qui l'entourent. Ou plutôt la mauvaise humeur ne vient-elle pas d'un mécontentement de nous-mêmes, d'un dépit causé par le sentiment du peu que nous valons, d'un dégoût de nous-mêmes, auquel se joint l'envie excitée par une folle vanité ? Nous voyons des hommes heureux qui ne nous doivent rien de leur bonheur, et cela nous est insupportable. » Charlotte sourit de la vivacité de mes expressions ; une larme que j'aperçus dans les yeux de Frédérique m'excita à continuer. « Malheur à ceux, m'écriai-je, qui se servent du pouvoir qu'ils ont sur un cœur pour lui ravir les jouissances pures qui y germent d'elles-mêmes ! Tous les présents, toutes les complaisances du monde, ne dédommagent pas d'un moment de plaisir empoisonné par le dépit d'un tyran envieux. »

Mon cœur était plein dans cet instant ; mille souvenirs oppressaient mon âme, et les larmes me vinrent aux yeux.

« Si chacun de nous, m'écriai-je, se disait tous les jours : « Tu n'as d'autre pouvoir sur tes amis que de leur » laisser leurs plaisirs et d'augmenter leur bonheur en le » partageant avec eux. Est-il en ta puissance, lorsque

» leur âme est agitée par une passion inquiète, ou
» flétrie par la douleur, d'y verser une goutte de conso-
» lation ? » Et lorsque l'infortunée que tu auras minée
dans ses beaux jours sera en proie aux angoisses de sa
dernière maladie ; lorsqu'elle sera là, couchée devant
toi, dans le plus triste abattement ; qu'elle lèvera au
ciel des yeux éteints, et que la sueur de la mort paraîtra
sur son front et disparaîtra ; que, debout devant son
lit, comme un condamné, tu sentiras que tu ne peux
rien faire avec tout ton pouvoir ; que tu seras déchiré
d'angoisses, et que vainement tu voudras tout donner
pour faire passer dans cette pauvre créature mourante un peu de réconfort, une étincelle de courage !... »

Le souvenir d'une scène semblable, dont j'avais été
témoin, à ces mots se retraçait à mon imagination
dans toute sa force. Je portai mon mouchoir à mes yeux,
et je quittai la société. La voix de Charlotte, qui me
criait : « Allons, partons », me fit revenir à moi.
Comme elle m'a grondé en chemin sur l'exaltation
que je mets à tout, que j'en serais victime, que je
devais me ménager ! Ô cher ange ! Pour toi, il faut que
je vive.

6 juillet.

Elle est toujours près de sa mourante amie, et toujours la même ; cette chère créature toujours présente,
dont le regard adoucit les souffrances, et fait des
heureux. Hier soir, elle alla se promener avec Marianne
et la petite Amélie ; je le savais, je les rencontrai,
et nous marchâmes ensemble. Après avoir fait près
d'une lieue et demie, nous retournâmes vers la ville,
et nous arrivâmes à cette fontaine qui m'était déjà si
chère, et qui maintenant me l'est mille fois davantage.
Charlotte s'assit sur le petit mur ; nous restâmes
debout devant elle. Je regardai tout autour de moi,
et je sentis revivre en moi le temps où mon cœur

était si seul. « Fontaine chérie, dis-je en moi-même, depuis ce temps je ne me suis plus reposé à ta douce fraîcheur, et quelquefois, en passant rapidement près de toi, je ne t'ai pas même regardée! » Je regardai en bas, et je vis monter la petite Amélie, tenant un verre d'eau avec grande précaution. Je contemplai Charlotte, et sentis tout ce que j'ai trouvé en elle. Cependant Amélie vint avec son verre ; Marianne voulut le lui prendre. « Non, s'écria l'enfant avec l'expression la plus aimable, non ; c'est à toi, Lolotte, à boire la première. » Je fus si ravi de la vérité, de la bonté avec laquelle elle disait cela, que je ne pus rendre ce que j'éprouvais qu'en prenant la petite dans mes bras, et en l'embrassant avec tant de force qu'elle se mit à pleurer et à crier : « Qu'avez-vous fait ? » dit Charlotte. J'étais consterné. « Viens, Amélie, continua-t-elle en la prenant par la main pour descendre les marches ; lave-toi dans l'eau fraîche, vite, vite : et ce ne sera rien.» Je restais à regarder avec quel soin l'enfant se frottait les joues de ses petites mains mouillées, et avec quelle bonne foi elle croyait que cette fontaine merveilleuse enlevait toute souillure, et lui épargnerait la honte de se voir pousser une vilaine barbe. Charlotte avait beau lui dire : « C'est assez », la petite continuait toujours de se frotter, comme si beaucoup eût dû faire plus d'effet que peu. Je t'assure, Wilhelm, que je n'assistai jamais avec plus de respect à un baptême ; et lorsque Charlotte remonta, je me serais volontiers prosterné devant elle, comme devant un prophète qui vient d'effacer les iniquités d'une nation.

Le soir, je ne pus m'empêcher, dans la joie de mon cœur, de raconter cette scène à un homme que je supposais sensible, parce qu'il a de l'esprit ; mais je m'adressais bien! Il me dit que Charlotte avait eu grand tort ; qu'il ne fallait jamais rien faire accroire aux enfants ; que c'était donner naissance à une infi-

nité d'erreurs et ouvrir la voie à la superstition, contre
laquelle, au contraire, il fallait les préserver de bonne
heure. Or, je me rappelai qu'il avait fait baptiser un
de ses enfants, il y a huit jours ; je le laissai donc dire
et dans le fond de mon cœur, je restai fidèle à la vérité.
Nous devons nous comporter, vis-à-vis des enfants,
comme Dieu vis-à-vis de nous. Il ne nous rend jamais
plus heureux que lorsqu'Il nous laisse nous bercer
d'illusions.

8 juillet.

Que l'on est enfant ! Quel prix on attache à un regard !
Que l'on est enfant !... Nous étions allés à Wahlheim.
Les dames en voiture. Pendant la promenade, je crus
voir dans les yeux noirs de Charlotte... Je suis un fou :
pardonne-moi. Tu devrais les voir, ces yeux ! Pour en
finir (car je tombe de sommeil), quand il fallut revenir,
les dames montèrent en voiture. Le jeune W..., Sel-
stadt, Audran et moi, nouse ntourions le carosse. L'on
causa par la portière avec ces messieurs, qui sont
pleins de légèreté et d'étourderie. Je cherchais les
yeux de Charlotte. Ah! ils allaient de l'un à l'autre ;
mais moi, moi qui étais entièrement, uniquement
occupé d'elle, ils ne tombaient pas sur moi! — Mon
cœur lui disait mille adieux, et elle ne me voyait point!
La voiture partit, et une larme vint mouiller ma pau-
pière. Je la suivis des yeux et je vis sortir par la portière la coiffure de Charlotte. Elle se penchait pour
regarder... mon Dieu! faites que ce soit moi! — Cher
ami, je flotte dans cette indécision ; c'est ma consolation. Peut-être s'est-elle retournée pour me voir moi!
Peut-être! — Bonne nuit! Quel enfant je suis!

10 juillet.

Quelle sotte figure je fais en société lorsqu'on parle
d'elle! Si tu me voyais quand on me demande si elle me

plaît!... Plaire! Je hais ce mot à la mort! Quel homme
ce doit être que celui à qui Charlotte *plaît*, dont elle
ne remplit pas tout le sens et tout l'être! *Plaire!* Dernièrement quelqu'un me demandait si Ossian me
plaisait!

                                            11 juillet.

Mme M... est fort mal. Je prie pour sa vie, car je
souffre avec Charlotte. Je vois rarement Charlotte
chez mon amie. Elle m'a fait aujourd'hui un singulier
récit. Le vieux M... est un avare, un sordide grippe-
sou, qui a bien tourmenté sa femme pendant toute sa
vie, et qui la tenait serrée de fort près ; elle a cependant toujours su se tirer d'affaire. Il y a quelques
jours, lorsque le médecin l'eut condamnée, elle fit appeler son mari en présence de Charlotte, et elle lui parla
ainsi : « Il faut que je t'avoue quelque chose qui,
après ma mort, pourrait causer de l'embarras et du
chagrin. J'ai conduit jusqu'à présent notre ménage
avec autant d'ordre et d'économie qu'il m'a été possible, mais il faut que tu me pardonnes de t'avoir
trompé pendant trente ans. Au commencement de
notre mariage, tu fixas une somme très modique
pour la table et les autres dépenses de la maison. Notre
ménage devint plus fort, notre commerce s'étendit ; je
ne pus jamais obtenir que tu augmentasses en proportion la somme fixée. Bref, tu sais que, dans le temps de
nos plus grandes dépenses, tu exigeas qu'elles fussent
couvertes avec sept florins par semaine. Je les ai accep-
tés sans rien dire ; mais, chaque semaine, je prenais le
surplus dans ta caisse, ne craignant pas qu'on soup-
çonnât la maîtresse de la maison de voler ainsi chez
elle. Je n'ai rien dissipé. Pleine de confiance, je serais
allée au-devant de l'éternité sans faire cet aveu ;
mais celle qui dirigera le ménage après moi n'aurait
pu se tirer d'affaire avec le peu que tu lui aurais donné,

et tu aurais toujours soutenu que ta première femme n'avait pas eu besoin de plus. »

Je m'entretins avec Charlotte de l'inconcevable aveuglement de l'esprit humain. Il est incroyable qu'un homme ne soupçonne pas quelque dessous de cartes, lorsque avec sept florins on fait face à des dépenses qui doivent monter au double. J'ai cependant connu des personnes qui ne se seraient pas étonnées de voir dans leur maison l'inépuisable cruche d'huile du prophète [1].

13 juillet.

Non, je ne me trompe pas! je lis dans ses yeux noirs le sincère intérêt qu'elle prend à moi et à mon sort. Oui, je sens, et là-dessus je puis m'en rapporter à mon cœur, je sens qu'elle... Oh! l'oserai-je? oserai-je prononcer ce mot qui vaut le ciel?... Elle m'aime!

Elle m'aime! Combien je me deviens cher à moi-même, combien... j'ose te le dire à toi, tu m'entendras... combien je m'adore depuis qu'elle m'aime!

Est-ce présomption, témérité, ou ai-je bien le sentiment de ma situation?... Je ne connais pas l'homme que je craignais de rencontrer dans le cœur de Charlotte; et pourtant, lorsqu'elle parle de son prétendu avec tant de chaleur, avec tant d'affection, je suis comme celui à qui l'on enlève ses titres et ses honneurs, et qui est forcé de rendre son épée.

16 juillet.

Oh! quel feu court dans toutes mes veines lorsque par hasard mon doigt touche le sien, lorsque nos pieds se rencontrent sous la table! Je me retire comme du feu; mais une force secrète m'attire de nouveau... il me prend un vertige... le trouble est dans tous mes sens. Ah! son innocence, la pureté de son âme, ne lui permettent pas de concevoir combien les plus légères familiarités me mettent à la torture. Lorsqu'en parlant elle pose sa main sur la mienne, que dans la conversation elle se rapproche de moi, que son souffle céleste peut atteindre mes lèvres..., alors je crois que je vais m'anéantir, comme si j'étais frappé de la foudre... Et, Wilhelm, si j'osais jamais... cette pureté du ciel, cette confiance... Tu me comprends. Non, mon cœur n'est pas si corrompu! mais faible! bien faible!... et n'est-ce pas là de la corruption?

Elle est sacrée pour moi ; tout désir se tait en sa présence. Je ne sais ce que je suis quand je suis auprès d'elle : c'est comme si mon âme se versait et coulait dans tous mes nerfs. Elle a un air qu'elle joue sur le clavecin avec une puissance angélique, si simplement et avec tant d'âme! C'est son air favori, et il me remet de toute peine, de tout trouble, de toute idée sombre, dès qu'elle en joue seulement la première note.

Aucun prodige de la puissance magique que les anciens attribuaient à la musique ne me paraît maintenant invraisemblable : ce simple chant a sur moi tant de puissance! Et comme elle sait me le faire entendre à propos, dans des moments où je serais homme à me tirer une balle dans la tête! Alors l'égarement et les ténèbres de mon âme se dissipent, et je respire de nouveau plus librement.

18 juillet

Wilhelm, qu'est-ce que le monde pour notre cœur sans l'amour? Ce qu'une lanterne magique est sans lumière : à peine y introduisez-vous le flambeau, qu'aussitôt les images les plus variées se peignent sur la muraille ; et lors même que tout cela ne serait que fantômes qui passent, encore ces fantômes font-ils notre bonheur quand nous nous tenons là, et que, tels des gamins ébahis, nous nous extasions sur ces apparitions merveilleuses. Aujourd'hui je ne pouvais aller

voir Charlotte ; j'étais emprisonné dans une société
d'où il n'y avait pas moyen de m'échapper. Que faire ?
J'envoyai chez elle mon domestique, afin d'avoir au
moins près de moi quelqu'un qui eût approché d'elle
dans la journée. Avec quelle impatience j'attendais
son retour ! Avec quelle joie je le revis ! Si j'avais osé,
je me serais jeté à son cou, et je l'aurais embrassé.

On prétend que la pierre de Bologne [1], exposée au
soleil, se pénètre de ses rayons, et éclaire quelque
temps dans la nuit. Il en était ainsi pour moi de ce
jeune homme. L'idée que les yeux de Charlotte s'étaient
arrêtés sur ses traits, sur ses joues, sur les boutons de
son habit et le collet de son surtout, me rendait tout
cela si cher, si sacré ! Je n'aurais pas donné ce garçon
pour mille écus ! Sa présence me faisait tant de bien !...
Dieu te préserve d'en rire, Wilhelm ! Sont-ce là des
fantômes ? Est-ce une illusion que d'être heureux ?

19 juillet.

Je la verrai ! voilà mon premier mot lorsque je
m'éveille, et qu'avec sérénité je regarde le beau soleil
levant ; je la verrai ! Et alors je n'ai plus, pour toute la
journée, aucun autre désir. Tout va là, tout s'engouffre
dans cette perspective.

20 juillet.

Votre idée de me faire partir avec l'ambassadeur [2]
pour ..., ne sera pas encore la mienne. Je n'aime pas
la dépendance, et de plus tout le monde sait que cet
homme est des plus difficiles à vivre. Ma mère, dis-tu,
voudrait me voir une occupation : cela m'a fait rire.
Ne suis-je donc pas occupé à présent ? Et, au fond,
n'est-ce pas la même chose que je compte des pois
ou des lentilles ? Tout dans cette vie aboutit à des
niaiseries ; et celui qui, pour plaire aux autres, sans
besoin et sans goût, se tue à travailler pour de l'argent,

pour des honneurs, ou pour tout ce qu'il vous plaira, est à coup sûr un imbécile.

24 juillet.

Puisque tu tiens tant à ce que je ne néglige pas le dessin, je ferais peut-être mieux de me taire sur ce point, que de t'avouer que depuis longtemps je m'en suis bien peu occupé.

Jamais je ne fus plus heureux, jamais ma sensibilité pour la nature, jusqu'au caillou, jusqu'au brin d'herbe, ne fut plus pleine et plus vive ; et cependant... je ne sais comment m'exprimer... mon imagination est devenue si faible, tout nage et vacille tellement devant mon âme, que je ne puis saisir un contour ; mais je me figure que, si j'avais de l'argile ou de la cire, je saurais en former quelque chose. Si cela dure, je prendrai de l'argile, et je la pétrirai, dussé-je ne faire que des boulettes.

J'ai commencé déjà trois fois le portrait de Charlotte, et trois fois je me suis fait honte ; cela me chagrine d'autant plus, qu'il y a peu de temps je réussissais fort bien à saisir la ressemblance. Là-dessus, j'ai donc pris sa silhouette, et il faudra bien que je m'en contente.

25 juillet.

Oui, chère Charlotte, je m'acquitterai de tout. Seulement donnez-moi plus souvent des commissions ; donnez-m'en bien souvent. Je vous prie d'une chose : plus de sable sur les billets que vous m'écrivez ! Aujourd'hui je portai vivement votre lettre à mes lèvres, et le sable craqua sous mes dents.

26 juillet.

Je me suis déjà proposé bien des fois de ne pas la voir si souvent. Mais le moyen de tenir cette résolution ? Chaque jour je succombe à la tentation. Tous les soirs je me dis avec un serment : « Demain, pour une fois, tu ne la verras pas » ; et lorsque le matin arrive, je trouve quelque raison invincible de la voir ; et avant que je m'en aperçoive, je suis auprès d'elle. Tantôt elle m'a dit le soir : « Vous viendrez demain, n'est-ce pas ? » Qui pourrait ne pas y aller ? Tantôt elle m'a donné une commission, et je trouve qu'il est plus convenable de lui porter moi-même la réponse. Ou bien la journée est si belle! Je vais à Wahlheim, et quand j'y suis... il n'y a plus qu'une demi-lieue jusque chez elle! Je suis trop près de son atmosphère... Son voisinage m'attire... et m'y voilà encore! Ma grand'mère nous faisait un conte d'une montagne d'aimant [1] : les vaisseaux qui s'en approchaient trop perdaient tout à coup leur armature de fer ; les clous volaient à la montagne, et les malheureux matelots s'abîmaient entre les planches qui s'écroulaient les unes par-dessus les autres.

30 juillet.

Albert est arrivé, et moi je vais partir. Fût-il le meilleur, le plus généreux des hommes, et lors même que je serais disposé à reconnaître sa supériorité sur moi à tous égards, il me serait insupportable de le voir posséder sous mes yeux tant de perfections!... Posséder!... Il suffit, mon ami ; le prétendu est arrivé! C'est un bien brave homme, qui mérite qu'on l'aime. Heureusement je n'étais pas présent à sa réception : j'aurais eu le cœur trop déchiré. Il est si honnête et il n'a pas encore embrassé une seule fois Charlotte en ma présence. Que Dieu l'en récompense! Rien que le respect qu'il témoigne à cette jeune femme me force à l'aimer. Il semble me voir avec plaisir, et je soupçonne que c'est l'ouvrage de Charlotte, plutôt que l'effet de son propre mouvement : car là-dessus les femmes sont très adroites, et elles ont raison ; quand elles peuvent entretenir deux adorateurs en bonne intelligence, quelque rare que cela soit, c'est tout profit pour elles.

Du reste, je ne puis refuser mon estime à Albert.
Son calme parfait contraste avec ce caractère ardent
et inquiet que je ne puis cacher. Il est homme de sentiment, et apprécie ce qu'il possède en Charlotte. Il
paraît peu sujet à la mauvaise humeur ; et tu sais que,
de tous les défauts des hommes, c'est celui que je hais
le plus.

Il me considère comme un homme d'esprit ; mon
attachement pour Charlotte, le vif intérêt que je
prends à tout ce qui la touche, augmentent son triomphe, et il l'en aime d'autant plus. Je n'examine pas si
quelquefois il ne la tourmente point par quelque léger
accès de jalousie : à sa place, j'aurais au moins de la
peine à me défendre entièrement de ce démon.

Quoi qu'il en soit, le bonheur que je goûtais près de
Charlotte a disparu. Est-ce folie ? est-ce aveuglement ?
Qu'importe le nom ! la chose parle assez d'elle-même !
Avant l'arrivée d'Albert, je savais tout ce que je sais
maintenant ; je savais que je n'avais point de prétentions à former sur elle, et je n'en formais aucune...
j'entends autant qu'il est possible de ne rien désirer
à la vue de tant de charmes... Et aujourd'hui l'imbécile
s'étonne et ouvre de grands yeux, parce que l'autre
arrive en effet et lui enlève la belle.

Je grince les dents, je raille ma misère et je raillerai
doublement ceux qui pourraient dire qu'il faut que je
me résigne, puisque la chose ne peut être autrement...
Délivrez-moi de ces automates. Je cours les forêts, et
lorsque je reviens près de Charlotte, que je trouve
Albert près d'elle dans le petit jardin, sous le berceau,
et que je me sens forcé de ne pas aller plus loin, je
deviens fou à lier, et je fais mille extravagances. « Pour
l'amour de Dieu, me disait Charlotte aujourd'hui, je
vous en prie, plus de scène comme celle d'hier soir !
Vous êtes effrayant quand vous êtes si gai ! » Entre

nous, j'épie le moment où des affaires appellent Albert
au-dehors : en un clin d'œil me voilà parti, et je suis
toujours content quand je la trouve seule.

8 août.

De grâce, mon cher Wilhelm, ne crois pas que je
pensais à toi quand je traitais d'insupportables les
hommes qui exigent de nous de la résignation dans
les maux inévitables. Je n'imaginais pas, en vérité,
que tu pusses être de cette opinion. Et pourtant, au
fond, tu as raison. Seulement une observation, mon
cher : dans ce monde il est très rare que tout aille par
oui ou par non. Il y a dans les sentiments et la manière
d'agir autant de nuances qu'il y a de degrés depuis
le nez aquilin jusqu'au nez camus.

Tu ne trouveras donc pas mauvais que, tout en
reconnaissant la justesse de ton argument, j'échappe
pourtant à ton dilemme.

» *Ou* tu as quelque espoir de réussir auprès de Charlotte, dis-tu, *ou* tu n'en as point. Bien ! Dans le premier
cas, cherche à réaliser cet espoir, et à obtenir l'accom-
plissement de tes vœux ; dans le second, ranime ton
courage, et délivre-toi d'une malheureuse passion qui
finira par consumer tes forces. » Mon ami, cela est bien
dit... et bientôt dit !

Et ce malheureux, dont la vie s'éteint, minée par une
lente et incurable maladie, peux-tu exiger de lui qu'il
mette fin à ses tourments par un coup de poignard ?
Et le mal qui dévore ses forces ne lui ôte-t-il pas en
même temps le courage de s'en délivrer ?

Tu pourrais, à la vérité, m'opposer une comparaison
du même genre : « Qui n'aimerait mieux se faire ampu-
ter un bras que de risquer sa vie par peur et par hésitation ? » Je ne sais pas trop... Mais ne nous jetons
pas des comparaisons à la tête. En voilà bien assez.
Oui, mon ami, il me prend quelquefois un accès de

courage exalté, sauvage ; et alors... si je savais seulement où ?... j'irais.

Le même jour au soir.

Mon journal, que je négligeais depuis quelque temps,
m'est tombé aujourd'hui sous la main. J'ai été étonné
de voir que c'est bien sciemment que j'ai fait pas à pas
tant de chemin. J'ai toujours vu si clairement ma situation ! et je n'en ai pas moins agi comme un enfant.
Aujourd'hui je vois tout aussi clair, et il n'y a pas plus
d'apparence que je me corrige.

10 août.

Je pourrais mener la vie la plus douce, la plus heureuse, si je n'étais pas un fou. Des circonstances aussi
favorables que celles où je me trouve se réunissent
rarement pour réjouir une âme. Tant il est vrai que
c'est notre cœur seul qui fait sa félicité... Être membre
de la famille la plus aimable ; me voir aimé du père
comme un fils, des jeunes enfants comme un père ;
et de Charlotte !... et cet excellent Albert, qui ne trouble mon bonheur par aucune marque d'humeur, qui
m'accueille si cordialement, pour qui je suis, après
Charlotte, ce qu'il aime le mieux au monde !... Mon ami,
c'est un plaisir de nous entendre lorsque nous nous
promenons ensemble, et que nous nous entretenons
de Charlotte : on n'a jamais rien imaginé de plus ridicule que notre situation ; et cependant dans ces moments plus d'une fois les larmes me viennent aux yeux.

Quand il me parle de la digne mère de Charlotte,
quand il me raconte comment, en mourant, elle remit à
sa fille son ménage et ses enfants, et lui recommanda
sa fille à lui-même ; comment dès lors un nouvel esprit
anima Charlotte ; comment elle est devenue, pour les
soins du ménage, et par son sérieux, une véritable
mère ; comme aucun instant ne se passe pour elle

sans sollicitude et sans travail, et comment sa bonne
humeur, sa gaieté, ne l'ont pourtant jamais quittée ; ...
et je marche ainsi à côté de lui, et je cueille des fleurs
sur le chemin ; je les réunis soigneusement dans un
bouquet, et je les jette dans le torrent qui passe, et je
les suis de l'œil pour les voir lentement s'éloigner...
Je ne sais si je t'ai écrit qu'Albert restera ici, et qu'il
va obtenir de la cour, où il est très bien vu, un emploi
dont le revenu est fort honnête. Pour l'ordre et pour
le zèle dans les affaires, j'ai rencontré peu de personnes qu'on pût lui comparer.

12 août.

En vérité, Albert est le meilleur homme qui soit
sous le ciel. J'ai eu hier avec lui une singulière scène.
J'étais allé le voir pour prendre congé de lui : car il
m'avait pris fantaisie de faire un tour à cheval dans les
montagnes ; et c'est même de là que je t'écris en ce
moment. En allant et venant dans sa chambre, j'aperçus ses pistolets. « Prêtez-moi vos pistolets pour mon
voyage, lui dis-je. — Je ne demande pas mieux, répondit-il ; mais vous prendrez la peine de les charger : ils
ne sont là que pour la forme. » J'en détachai un, et il
continua : « Depuis que ma prévoyance m'a joué un si
mauvais tour, je ne veux plus rien avoir à démêler avec
de pareilles armes. » Je fus curieux de savoir ce qui
lui était arrivé. « J'étais allé, reprit-il, passer trois mois
à la campagne, chez un de mes amis ; j'avais une paire
de pistolets non chargés, et je dormais tranquille. Une
après-dînée que le temps était pluvieux et que j'étais
à ne rien faire, je ne sais comment il me vint dans l'idée
que nous pourrions être attaqués, que je pourrais avoir
besoin de mes pistolets, et que... Vous savez comment
cela va. Je les donnai au domestique pour les nettoyer
et les charger. Il se met à badiner avec les servantes
en cherchant à leur faire peur, et, Dieu sait comment, le

pistolet part, la baguette étant encore dans le canon ; la
baguette va frapper une des servantes à la main droite et
lui fracasse le pouce. J'eus à supporter les lamentations,
et il me fallut encore payer le traitement. Aussi, depuis
cette époque, mes armes ne sont-elles jamais chargées.
Voyez, mon cher, à quoi sert la prévoyance ! On n'est
jamais au bout des dangers. Cependant... » Tu sais
que j'aime beaucoup Albert ; mais je n'aime pas ses
cependant : car n'est-il pas évident que toute règle
générale a des exceptions ? Mais telle est la scrupuleuse
équité de cet excellent homme : quand il croit avoir
avancé quelque chose d'exagéré, de trop général, ou de
douteux, il ne cesse de limiter, de modifier, d'ajouter
ou de retrancher, jusqu'à ce qu'il ne reste plus rien de
sa proposition. A cette occasion il se perdit dans son
texte. Bientôt je n'entendis plus un mot de ce qu'il
disait ; je tombai dans des rêveries ; puis tout à coup
je m'appliquai brusquement la bouche du pistolet
sur le front, au-dessus de l'œil droit. « Fi ! dit Albert
en me prenant l'arme, que signifie cela ? — Il n'est
pas chargé, lui répondis-je. — Et quand même, qu'est-
ce que cela signifie ? répliqua-t-il avec impatience. Je
ne puis concevoir comment un homme peut-être assez
fou pour se brûler la cervelle : l'idée seule m'en fait
horreur.

— Vous autres hommes, m'écriai-je, vous ne pouvez
parler de rien sans dire tout d'abord : *Cela est fou, cela
est sage, cela est bon, cela est mauvais !* Qu'est-ce que
tout cela veut dire ? Avez-vous approfondi les véritables motifs d'une action ? Avez-vous démêlé les
raisons qui l'ont produite, qui devaient la produire ?
Si vous aviez fait cela, vous ne seriez pas si prompts
dans vos jugements.

— Tu conviendras, dit Albert, que certaines
actions sont et restent criminelles, quels qu'en soient
les motifs. »

Je haussai les épaules, et je lui accordai ce point.

« Cependant, mon cher, continuai-je, il se trouve encore ici quelques exceptions. Sans aucun doute le vol est un crime ; mais l'homme qui, pour s'empêcher de mourir de faim, lui et sa famille, se laisse entraîner au vol, mérite-t-il la pitié ou le châtiment ? Qui jettera la première pierre à l'époux outragé qui, dans sa juste fureur, immole une femme infidèle et son vil séducteur ? à cette jeune fille qui, dans un moment de délire, s'abandonne aux charmes entraînants de l'amour ? Nos lois mêmes, ces froides pédantes, se laissent toucher, et retiennent leurs coups.

— Ceci est autre chose, reprit Albert : car un homme emporté par une passion trop forte perd la faculté de réfléchir, et doit être regardé comme un homme ivre ou comme un insensé.

— Voilà bien mes gens raisonnables! m'écriai-je en souriant. Passion! ivresse! folie! Hommes moraux! vous êtes d'une impassibilité merveilleuse. Vous injuriez l'ivrogne; vous vous détournez de l'insensé ; vous passez outre comme le prêtre, et remerciez Dieu, comme le pharisien, de ce qu'il ne vous a pas faits semblables à l'un d'eux. J'ai été plus d'une fois pris de vin, et souvent mes passions ont approché de la démence, et je ne me repens ni de l'un ni de l'autre : car j'ai appris à concevoir, dans la mesure de mes moyens, comment tous les hommes extraordinaires qui ont fait quelque chose de grand, quelque chose qui semblait impossible, ont dû de tout temps être déclarés par la foule ivres et insensés.

» Et, dans la vie ordinaire même, n'est-il pas insupportable d'entendre dire, presque toujours, quand un homme fait une action tant soit peu hardie, noble et inattendue : « Cet homme est ivre, il est fou. » Rougissez, vous les tièdes, rougissez, vous les sages!

— Voilà encore de vos extravagances! dit Albert.

Vous exagérez tout ; et, à coup sûr, vous avez ici au moins le tort d'assimiler le suicide, dont il est question maintenant, aux grandes actions, tandis qu'on ne peut le regarder que comme une faiblesse : car, de bonne foi, il est plus aisé de mourir que de supporter avec constance une vie pleine de tourments. »

Peu s'en fallut que je ne rompisse l'entretien : car rien ne me met hors des gonds comme de voir quelqu'un venir avec un lieu commun insignifiant, lorsque je parle de cœur. Je me retins cependant : j'avais déjà si souvent entendu ce lieu commun, et je m'en étais indigné tant de fois! Je lui répliquai avec un peu de vivacité : « Vous appelez cela faiblesse! Je vous en prie, ne vous laissez pas séduire par l'apparence. Un peuple gémit sous le joug insupportable d'un tyran : oserez-vous l'appeler faible lorsque enfin il se lève et brise ses chaînes? Cet homme qui voit les flammes menacer sa maison, et dont la frayeur tend tous les muscles, qui enlève aisément des fardeaux que, de sang-froid, il aurait à peine remués ; cet autre, qui, furieux d'un outrage, attaque six hommes et les terrasse, oserez-vous bien les appeler faibles? Eh! mon ami, si faire des efforts est une preuve de force, pourquoi pousser l'effort à l'extrême serait-il le contraire? » Albert me regarda, et dit : « Je te demande pardon ; mais les exemples que tu viens de citer ne me semblent point applicables ici. — C'est possible, repartis-je ; on m'a déjà souvent reproché que mes raisonnements touchaient au radotage. Voyons donc si nous ne pourrons pas nous représenter d'une autre manière ce qui doit se passer dans l'âme d'un homme qui se détermine à rejeter le fardeau de la vie, ce fardeau si cher à d'autres : car c'est seulement dans la mesure où nous partageons les sentiments d'autrui que nous sommes qualifiés pour juger une chose.

» La nature humaine a ses bornes, continuai-je ; elle

peut jusqu'à un certain point supporter la joie, la peine, la douleur : ce point passé, elle succombe. La question n'est donc pas de savoir si un homme est faible ou s'il est fort, mais s'il peut soutenir le poids de ses souffrances, qu'elles soient morales ou physiques ; et je trouve aussi étonnant que l'on nomme lâche le malheureux qui se prive de la vie que si l'on donnait ce nom au malade qui succombe à une fièvre maligne.

— Voilà un étrange paradoxe! s'écria Albert.

— Cela est plus vrai que vous ne croyez, répondis-je. Tu conviendras que nous qualifions de maladie mortelle celle qui attaque le corps avec tant de violence que les forces de la nature sont en partie détruites, en partie réduites, en sorte qu'aucune crise salutaire ne peut rétablir le cours ordinaire de la vie.

» Eh bien! mon ami, appliquons ceci à l'esprit. Regardez l'homme dans sa faiblesse ; voyez comme des impressions agissent sur lui, comme des idées se fixent en lui, jusqu'à ce qu'enfin la passion toujours croissante le prive de tout pouvoir de réflexion, et le perde.

» Et vainement un homme raisonnable et de sang-froid, qui contemplera l'état de ce malheureux, lui donnera-t-il de beaux conseils : il ne lui sera pas plus utile que l'homme sain ne l'est au malade, à qui il ne saurait communiquer la moindre partie de ses forces. »

Pour Albert c'était là parler d'une façon trop générale. Je lui rappelai une jeune fille que l'on trouva morte dans l'eau, il y a quelque temps, et je lui répétai son histoire. C'était une bonne créature, tout entière à ses occupations domestiques, travaillant toute la semaine, et n'ayant d'autre plaisir que de se parer le dimanche de quelques modestes atours achetés à grand'peine, d'aller, avec ses compagnes, se promener aux environs de la ville, ou de danser quelquefois aux grandes fêtes, et qui quelquefois aussi passait une heure de loisir à causer avec une voisine au sujet

d'une querelle ou d'une médisance. Enfin sa nature
ardente éveille dans son cœur d'autres désirs, qui
s'accroissent encore par les flatteries des hommes. Ses
premiers plaisirs lui deviennent peu à peu insipides,
jusqu'à ce qu'elle rencontre un homme vers lequel
un sentiment inconnu l'entraîne irrésistiblement, sur
lequel elle fonde toutes ses espérances, pour lequel tout
le monde autour d'elle est oublié. Elle ne voit plus,
n'entend plus que lui, n'a de sentiment, n'a de désir
que pour lui seul. Comme elle n'est pas corrompue par
les frivoles jouissances de la vanité et de la coquetterie,
ses désirs vont droit au but : elle veut lui appartenir,
elle veut devoir à un lien éternel le bonheur qu'elle
cherche et tous les plaisirs après lesquels elle aspirait.
Des promesses réitérées qui mettent le sceau à toutes
ses espérances, de téméraires caresses qui augmentent
ses désirs, s'emparent de toute son âme. Elle nage
dans un vague sentiment, dans un avant-goût de tous
les plaisirs ; elle est montée au plus haut ; elle tend
enfin ses bras pour embrasser tous ses désirs... Et son
amant l'abandonne. La voilà glacée, privée de connaissance, devant un abîme. Tout est obscurité autour
d'elle ; aucune perspective, aucune consolation, aucune
lueur d'espoir : car celui-là l'a délaissée dans lequel
seul elle sentait son existence! Elle ne voit point le
vaste univers qui est devant elle, ni le nombre de ceux
qui pourraient remplacer la perte qu'elle a faite. Elle
se sent seule, abandonnée du monde entier. Aveuglée,
accablée de l'excessive peine de son cœur, elle se
précipite pour étouffer tous ses tourments, dans une
mort qui l'enveloppe de toutes parts. Voilà l'histoire
de bien des hommes. « Dis-moi, Albert, n'est-ce pas
la même marche que celle de la maladie ? La nature ne
trouve aucune issue pour sortir du labyrinthe des forces
déréglées et agissant en sens contraire ; et l'homme
doit mourir.

» Malheur à celui qui, devant ce spectacle, oserait dire : l'insensée! si elle eût attendu, si elle eût laissé agir le temps, son désespoir se serait calmé ; elle aurait trouvé bientôt un consolateur. C'est comme si l'on disait : l'insensé, qui meurt de la fièvre, s'il avait attendu que ses forces fussent revenues, que son sang fût purifié, tout se serait rétabli, et il vivrait encore aujourd'hui. »

Albert, qui ne trouvait point encore cette comparaison frappante, me fit des objections, entre autres celle-ci. Je venais de citer une jeune fille simple et bornée ; mais il ne pouvait concevoir comment on excuserait un homme d'esprit, dont les facultés sont plus étendues, et qui saisit mieux tous les rapports. « Mon ami, m'écriai-je, l'homme est toujours l'homme ; la petite dose d'esprit que l'un a de plus que l'autre fait bien peu dans la balance, quand les passions bouillonnent et que les bornes prescrites à l'humanité se font sentir. Au contraire... Nous en parlerons un autre jour », lui dis-je en prenant mon chapeau. Oh! mon cœur était si plein! Nous nous séparâmes sans nous être entendus. Il est si rare dans ce monde que l'on s'entende!

15 août.

Il est pourtant vrai que c'est l'amour seul qui dans le monde nous rend indispensables. Je sens que Charlotte serait fâchée de me perdre, et les enfants n'ont d'autre idée que celle de me voir toujours revenir le lendemain. J'étais allé aujourd'hui accorder le clavecin de Charlotte ; je n'ai jamais pu y parvenir, car tous ces espiègles me tourmentaient pour avoir un conte, et Charlotte elle-même décida qu'il fallait les satisfaire. Je leur distribuai leur goûter : ils acceptent maintenant leur pain presque aussi volontiers de moi que de Charlotte. Je leur contai ensuite leur histoire favorite, celle de la princesse servie par des mains enchantées. J'apprends beaucoup à cela, je t'assure, et je suis étonné de l'impression que ces récits produisent sur les enfants. S'il m'arrive d'inventer un incident et de l'oublier quand je répète le conte, ils s'écrient aussitôt : « C'était autrement la première fois » ; si bien que je m'exerce maintenant à leur réciter chaque histoire comme un chapelet, avec les mêmes inflexions de voix, les mêmes cadences, et sans y rien changer. J'ai vu par là qu'un auteur qui, à une seconde édition, fait des changements à un ouvrage d'imagination, nuit nécessairement à son livre, en eût-il cent fois rehaussé la valeur poétique. La première impression nous trouve dociles, et l'homme est fait de telle sorte qu'on peut lui persuader les choses les plus extraordinaires ; mais aussi cela se grave aussitôt dans sa tête, et malheur à celui qui voudrait l'effacer et le détruire !

18 août.

Pourquoi faut-il que ce qui fait la félicité de l'homme devienne aussi la source de son malheur ?

Cette ardente sensibilité de mon cœur pour la nature et la vie, qui m'inondait de tant de volupté, qui du monde autour de moi faisait un paradis, me devient maintenant un insupportable bourreau, un mauvais génie qui me poursuit en tous lieux. Lorsque autrefois du haut du rocher je contemplais, par-delà le fleuve, la fertile vallée jusqu'à la chaîne de ces collines ; que je voyais tout germer et sourdre autour de moi ; que je regardais ces montagnes couvertes de grands arbres touffus depuis leur pied jusqu'à leur cime, ces vallées ombragées dans leurs creux multiples, de petits bosquets riants, et comme la tranquille rivière coulait entre les roseaux susurrants, et réfléchissait les chers nuages que le doux vent du soir promenait sur le ciel

en les balançant ; qu'alors j'entendais les oiseaux
animer autour de moi la forêt ; que je voyais des millions d'essaims de moucherons danser gaiement dans
le dernier rayon rouge du soleil, dont le regard, dans
un dernier tressaillement, délivrait et faisait sortir de
l'herbe le scarabée bourdonnant ; que le bruissement
et le va-et-vient autour de moi rappelaient mon attention sur le sol ; et que la mousse qui arrache à mon dur
rocher sa nourriture, et le genêt qui croît le long de
l'aride colline de sable, m'indiquaient cette vie intérieure, ardente et sacrée qui anime la nature !... comme
je faisais entrer tout cela dans mon cœur ! Je me sentais
comme déifié par cette abondance débordante, et les
majestueuses formes du monde infini vivaient et se
mouvaient dans mon âme. Je me voyais environné
d'énormes montagnes ; des précipices étaient devant
moi, et des rivières d'orages s'y plongeaient ; des
fleuves coulaient sous mes pieds, les forêts et les monts
résonnaient, et toutes les forces impénétrables qui
créent, je les voyais, dans les profondeurs de la terre,
agir et réagir, et je voyais fourmiller sur terre et sous
le ciel les innombrables races des êtres vivants. Tout,
tout est peuplé, sous mille formes différentes ; et puis
voici les hommes, qui ensemble s'abritent dans leurs
petites maisons, et s'y nichent, et selon eux, règnent
sur le vaste univers ! Pauvre insensé, qui crois tout si
peu de chose, parce que tu es si petit ! Depuis les montagnes inaccessibles, à travers le désert, qu'aucun pied
ne toucha, jusqu'au bout de l'océan inconnu, l'esprit
de celui qui crée éternellement souffle et se réjouit de
chaque atome qui le sent et vit de sa vie... Ah ! pour lors
combien de fois j'ai désiré, porté sur les ailes de la grue
qui passait sur ma tête, voler au rivage de la mer
immensurable, boire à la coupe écumante de l'infini
la vie qui, pleine de joie, en déborde, et seulement un
instant sentir dans l'étroite capacité de mon sein une

goutte de la béatitude de l'être qui produit tout en lui-même et par lui-même !

Mon ami, je n'ai plus que le souvenir de ces heures pour me soulager. Même les efforts que je fais pour me rappeler et rendre ces inexprimables sentiments, en élevant mon âme au-dessus d'elle-même, me font doublement sentir le tourment de la situation où je suis maintenant.

Devant mon âme s'est levé comme un rideau, et le spectacle de la vie infinie s'est métamorphosé devant moi en l'abîme du tombeau éternellement ouvert. Peut-on dire, « Cela est », quand tout passe ? quand tout, avec la vitesse d'un éclair, roule et passe ? quand chaque être n'épuise que si rarement la force que lui confère son existence, et est entraîné dans le torrent, submergé, écrasé sur les rochers ? Il n'y a point d'instant qui ne te dévore, toi et les tiens qui t'entourent ; point d'instant que tu ne sois, que tu ne doives être un destructeur. La plus innocente promenade coûte la vie à mille pauvres vermisseaux ; un seul de tes pas détruit le pénible ouvrage des fourmis, et foule un petit monde dans un tombeau ignominieux. Ah ! ce ne sont pas vos grandes et rares catastrophes, ces inondations qui emportent vos villages, ces tremblements de terre qui engloutissent vos villes, qui me touchent : ce qui me mine le cœur, c'est cette force dévorante qui est cachée dans toute la nature, qui ne produit rien qui ne détruise ce qui l'environne et ne se détruise soi-même... C'est ainsi que j'erre plein de tourments. Ciel, terre, forces actives qui m'environnent, je ne vois rien dans tout cela qu'un monstre toujours dévorant et toujours ruminant.

21 août.

Vainement, je tends mes bras vers elle, le matin, lorsque mal réveillé encore, je sors d'un pénible rêve ;

en vain, la nuit, je la cherche à mes côtés, lorsqu'un
songe heureux et pur m'a trompé, que j'ai cru que
j'étais auprès d'elle sur la prairie, et que je tenais sa
main et la couvrais de mille baisers. Ah! lorsque, encore à demi dans l'ivresse du sommeil, je la cherche,
et là-dessus me réveille, un torrent de larmes s'échappe
de mon cœur oppressé, et je pleure inconsolable devant
le sombre avenir qui m'attend.

22 août.

Que je suis à plaindre, Wilhelm! j'ai perdu tout res-
sort, et je suis tombé dans un abattement qui ne
m'empêche pas d'être inquiet et agité. Je ne puis
rester oisif, et cependant je ne puis rien faire. Je n'ai
aucune imagination, aucune sensibilité pour la nature,
et les livres m'inspirent du dégoût. Quand nous nous
manquons à nous-mêmes, tout nous manque. Je te le
jure, parfois j'ai désiré être un ouvrier, afin d'avoir,
le matin, en me levant, une vue sur le jour à venir,
une raison d'agir, une espérance. J'envie souvent le
sort d'Albert, que je vois enfoncé jusqu'aux yeux
dans les parchemins ; et je me figure que, si j'étais à
sa place, je me trouverais heureux. L'idée m'est déjà
venue quelquefois de t'écrire et d'écrire au ministre,
pour demander cette place près de l'ambassade que,
selon toi, on ne me refuserait pas. Je le crois aussi. Le
ministre m'a depuis longtemps témoigné de l'affection,
et m'a souvent engagé à me vouer à quelque emploi.
Il y a telle heure où j'y suis disposé. Mais ensuite,
quand je réfléchis, et que je viens à penser à la fable
du cheval qui, las de sa liberté, se laisse seller et
brider, et que l'on esquinte, je ne sais plus que résoudre. Eh! mon ami, ce désir de changer de situation
ne vient-il pas d'une inquiétude intérieure, d'un
malaise qui me suivra partout!

28 août.

En vérité, si ma maladie était susceptible de guérison, mes bons amis en viendraient à bout. C'est aujourd'hui l'anniversaire de ma naissance, et, de grand matin, je reçois un petit paquet de la part d'Albert. La première chose qui frappe mes yeux en l'ouvrant, c'est un nœud de ruban rose que Charlotte avait au sein lorsque je la vis pour la première fois, et que je lui avais souvent demandé depuis. Il y avait aussi deux petits volumes in-12 : c'était l'Homère de Wetstein [1], petite édition que j'avais tant de fois désirée, pour ne pas me charger de celle d'Ernesti à la promenade. Tu vois comme ils préviennent mes vœux, comme ils ont ces petites attentions de l'amitié, mille fois plus précieuses que de magnifiques présents par lesquels la vanité de celui qui les fait nous humilie. Je baise ce nœud mille fois, et dans chaque souffle j'aspire et je savoure le souvenir des délices dont me comblèrent ces quelques jours heureux et qui ne reviendront jamais! Cher Wilhelm, il n'est que trop vrai, et je n'en murmure pas, oui, les fleurs de la vie ne sont que des fantômes. Combien se fanent sans laisser la moindre trace! combien peu donnent des fruits! et combien peu de ces fruits parviennent à leur maturité! Et pourtant il y en a encore assez ; et pourtant... Ô mon frère!... pouvons-nous négliger et dédaigner des fruits mûrs, pour les laisser pourrir sans en jouir?

Adieu. L'été est magnifique. Je m'établis souvent sur les arbres du verger de Charlotte. Avec le cueille-fruits, la longue perche, j'abats les poires les plus élevées. Elle est au pied de l'arbre, et les reçoit à mesure que je les lui envoie.

30 août.

Malheureux! n'es-tu pas en démence? Ne t'abuses-tu pas toi-même? Qu'attends-tu de cette passion fréné-

tique et sans terme? Je n'adresse plus de vœux qu'à
elle seule ; mon imagination ne m'offre plus d'autre
forme que la sienne ; et tout ce qui m'environne au
monde, je ne l'aperçois que par rapport à elle. C'est
ainsi que je me procure quelques heures fortunées...
jusqu'à ce que, de nouveau, je sois forcé de m'arracher
d'elle. Ah! Wilhelm, où m'emporte souvent mon cœur!
Quand j'ai passé, assis à ses côtés, deux ou trois heures
à me repaître de sa figure, de son maintien, de l'expression céleste de ses paroles, que peu à peu tous mes
sens s'embrasent, que mes yeux s'obscurcissent, qu'à
peine j'entends encore, et qu'il me prend un serrement
à la gorge, comme si j'avais là la main d'un meurtrier ;
qu'alors mon cœur, par de rapides battements, cherche
à donner du jeu à mes sens suffoqués, et ne fait
qu'augmenter leur trouble... mon ami, je ne sais souvent pas si j'existe encore... et, si la douleur ne prend
pas le dessus, et que Charlotte ne m'accorde pas la
misérable consolation de pleurer sur sa main et de
dissiper ainsi le serrement de mon cœur,... alors il
faut que je m'éloigne, que je fuie, que j'aille errer au
loin dans les champs, grimper sur quelque montagne
escarpée, me frayer une route à travers une forêt sans
chemins, à travers les haies qui me blessent, à travers
les épines qui me déchirent : voilà mes joies. Alors je
me trouve un peu mieux, un peu! Et quand, accablé
de fatigue et de soif, je me vois forcé de suspendre ma
course ; que, dans une forêt solitaire, au milieu de la
nuit, aux rayons de la lune, je m'assieds sur un tronc
tortueux pour soulager un instant mes pieds déchirés,
et que je m'endors, au crépuscule, d'un sommeil
fatigant... Ô mon ami! une cellule solitaire, le cilice
et la ceinture épineuse seraient des soulagements
après lesquels mon âme aspire. Adieu. Je ne vois à
tant de souffrance d'autre terme que le tombeau.

3 septembre.

Il faut partir ! Je te remercie, Wilhelm, d'avoir
fixé ma résolution chancelante. Voilà quinze jours que
je médite le projet de la quitter. Il faut décidément
partir. Elle est encore une fois à la ville, chez une amie,
et Albert... et... il faut partir !

10 septembre.

Quelle nuit, Wilhelm ! A présent je puis tout surmonter. Je ne la reverrai plus. Oh ! que ne puis-je
voler à ton cou, mon bon ami, et t'exprimer, par mes
transports et par des torrents de larmes, les sentiments
qui bouleversent mon cœur ! Me voici seul : j'ai peine à
prendre mon haleine ; je cherche à me calmer ; j'attends le matin, et au lever du jour les chevaux seront
à ma porte.

Ah ! elle dort d'un sommeil tranquille, et ne pense
pas qu'elle ne me reverra jamais. Je m'en suis arraché ;
et pendant deux heures d'entretien j'ai eu assez de
force pour ne point trahir mon projet. Et, Dieu, quel
entretien !

Albert m'avait promis de se trouver au jardin avec
Charlotte, aussitôt après le souper. J'étais sur la terrasse, sous les hauts marronniers, et je regardais le
soleil que, pour la dernière fois, je voyais se coucher
au-dessus de la riante vallée et au-dessus du fleuve
qui coulait tranquillement. Je m'étais si souvent trouvé
à la même place avec elle ! nous avions tant de fois
contemplé ensemble ce magnifique spectacle ! et maintenant... J'allais et venais dans cette vallée que j'aimais
tant ! Un secret attrait m'y avait si souvent retenu,
avant même que je connusse Charlotte ! et quelles délices lorsque, au début de notre amitié, nous nous
découvrîmes réciproquement notre inclination pour ce
site, certainement un des plus romantiques que j'aie
jamais vu parmi ceux que jamais l'art a créés.

D'abord, entre les marronniers, on a la plus belle vue. Mais je me rappelle, je crois, t'avoir déjà fait cette description ; je t'ai parlé de ces hautes murailles de hêtres qui finissent par vous enfermer, de cette allée qui s'obscurcit insensiblement à mesure qu'on approche d'un bosquet à travers lequel elle passe, et qui aboutit enfin à une petite enceinte, où tous les frissons de la solitude vous entourent. Je me souviens encore combien je me sentis chez moi, lorsque, par un soleil de midi, j'y entrai pour la première fois. Je pressentis vaguement toute la félicité et la douleur dont il serait un jour le théâtre.

J'étais depuis une demi-heure livré aux douces et cruelles pensées de l'instant qui nous séparerait, de celui qui nous réunirait, lorsque je les entendis monter sur la terrasse. Je courus au-devant d'eux ; je lui pris la main avec un saisissement, et je la baisai. Alors la lune commençait à paraître derrière les buissons des collines. Tout en parlant, nous nous approchions insensiblement du cabinet sombre. Charlotte y entra, et s'assit : Albert se plaça auprès d'elle, et moi de l'autre côté. Mais mon agitation ne me permit pas de rester longtemps en place ; je me levai, je me mis devant elle, fis quelques tours, et me rassis : j'étais dans un état d'angoisse. Elle nous fit remarquer le bel effet de la lune qui, à l'extrémité des murailles de hêtres, éclairait devant nous toute la terrasse : coup d'œil superbe, et d'autant plus frappant que nous étions environnés d'une obscurité profonde. Nous gardions le silence ; elle le rompit après un instant par ces mots : « Jamais, non, jamais je ne me promène au clair de lune que je ne me rappelle mes parents qui sont décédés, que je ne sois frappée du sentiment de la mort et de l'avenir. Nous serons (continua-t-elle d'une voix qui exprimait un vif mouvement du cœur) ; mais, Werther, nous retrouverons-nous ? nous reconnaîtrons-nous ? Qu'en

pensez-vous ? — Que dites-vous ? — Charlotte...,
répondis-je en lui tendant la main et sentant mes larmes
couler. Nous nous reverrons ! En cette vie et en l'autre
nous nous reverrons !... » Je ne pus en dire davantage...
Wilhelm, fallait-il qu'elle me fît une semblable question, au moment même où je portais dans mon sein
une si cruelle séparation !

« Ces chers amis que nous avons perdus, continua-
t-elle, savent-ils quelque chose de nous ? ont-ils le sentiment que quand nous sommes heureux nous nous
rappelons leur mémoire avec un amour fervent ? Ah !
l'image de ma mère est toujours devant mes yeux
lorsque le soir je suis assise tranquillement au milieu
de ses enfants, au milieu de mes enfants, et qu'ils
sont là rassemblés autour de moi comme ils étaient
autour d'elle. Avec ardeur je lève au ciel mes yeux
mouillés de larmes ; je voudrais que du ciel elle pût
regarder un instant comme je lui tiens la parole que je
lui donnai à sa dernière heure d'être la mère de ses
enfants. Avec quel sentiment je m'écrie : « Pardonne,
» chère mère, si je ne suis pas pour eux ce que tu fus
» toi-même. Hélas ! je fais tout ce que je puis : ils sont
» vêtus, nourris ; et, ce qui est plus encore, ils sont
» choyés, chéris. Ame chère et bienheureuse, que ne
» peux-tu voir notre union ! Quelles actions de grâces
» tu rendrais à ce Dieu à qui tu demandas, en versant,
» avant de mourir, des larmes amères, le bonheur de
» tes enfants ! »

Elle a dit cela, Wilhelm ! Qui peut répéter ce qu'elle
a dit ? Comment de froids caractères pourraient-ils
rendre ces divines effusions de son esprit ? Albert l'interrompant avec douceur : « Cela vous affecte trop,
Charlotte ; je sais combien ces idées vous sont chères ;
mais je vous prie... — Ô Albert ! interrompit-elle, je
sais que tu n'as pas oublié ces soirées où nous étions
assis ensemble autour de la petite table ronde, lorsque

mon père était en voyage, et que nous avions envoyé coucher les enfants. Tu apportais souvent un bon livre ; mais rarement il t'arrivait d'en lire quelque chose : l'entretien de cette belle âme n'était-il pas préférable à tout ? Quelle femme! belle, douce, enjouée, et toujours active! Dieu connaît les larmes que je verse souvent dans mon lit, en m'humiliant devant lui, pour qu'il daigne me rendre semblable à ma mère...

— Charlotte! m'écriai-je en me jetant à ses pieds, et lui prenant la main, que je baignai de mille larmes ; Charlotte, que la bénédiction du ciel repose sur toi, ainsi que l'esprit de ta mère! — Si vous l'aviez connue! me dit-elle en me serrant la main. Elle était digne d'être connue de vous. » Je crus que j'allais m'anéantir ; jamais mot plus grand, plus glorieux, n'a été prononcé sur moi. Elle poursuivit : « Et cette femme a vu la mort l'enlever à la fleur de son âge, lorsque le dernier de ses fils n'avait pas encore six mois! Sa maladie ne fut pas longue. Elle était calme, résignée ; ses enfants seuls lui faisaient de la peine, et surtout le petit. Lorsqu'elle sentit venir sa fin, elle me dit : « Fais-les monter près de moi. » Je les conduisis dans sa chambre : les plus jeunes ne connaissaient pas encore la perte qu'ils allaient faire, les autres étaient consternés. Je les vois encore autour de son lit. Elle leva les mains, et pria sur eux ; elle les baisa les uns après les autres, les renvoya, et me dit : « Sois leur mère! » J'en fis le » serment. « Tu me promets beaucoup, ma fille, me » dit-elle, le cœur d'une mère! l'œil d'une mère! Tu » sens ce que c'est ; les larmes de reconnaissance que » je t'ai vue verser tant de fois m'en assurent. Aie » l'un et l'autre pour tes frères et tes sœurs ; et pour » ton père, la foi et l'obéissance d'une épouse. Tu » seras sa consolation. » Elle demanda à le voir ; il était sorti pour nous cacher la douleur insupportable qu'il sentait. Le pauvre homme était déchiré!

» Albert, tu étais dans la chambre! Elle entendit quelqu'un marcher ; elle demanda qui c'était, et te fit approcher d'elle. Comme elle nous regarda l'un et l'autre, dans la consolante pensée que nous serions heureux, que nous serions heureux ensemble! » Albert la saisit dans ses bras, et l'embrassa en s'écriant : « Nous le sommes! nous le serons! » Le flegmatique Albert était tout hors de lui, et moi je ne me connaissais plus.

« Werther, reprit-elle, et cette femme ne serait plus! Dieu! quand je pense comme on se laisse enlever ce qu'on a de plus cher dans la vie! Et personne ne le sent aussi vivement que les enfants : longtemps encore après, les nôtres se plaignaient *que les hommes noirs avaient emporté maman.* »

Elle se leva. J'étais comme illuminé et, bouleversé, je restais assis, et retenais sa main. « Il faut rentrer, dit-elle, il est temps. » Elle voulait retirer sa main ; je la retins avec plus de force! « Nous nous reverrons! m'écriai-je, nous nous retrouverons ; sous quelque forme que ce puisse être, nous nous reconnaîtrons. Je vais vous quitter, continuai-je, je vous quitte de mon propre gré ; mais si je promettais que ce fût pour toujours, je ne le supporterais pas. Adieu, Charlotte ; adieu, Albert. Nous nous reverrons. — Demain, je pense », dit-elle en souriant. Je sentis ce demain! Ah! elle ne savait pas, lorsqu'elle retirait sa main de la mienne...

Ils descendirent l'allée ; je restai là, je les suivis de l'œil au clair de la lune. Je me jetai à terre en sanglotant. Je me relevai d'un mouvement brusque, je courus sur la terrasse ; je regardai en bas, et je vis encore à la porte du jardin sa robe blanche briller dans l'ombre des grands tilleuls ; j'étendis les bras, et tout disparut.

LIVRE DEUXIÈME

20 octobre 1771.

Nous sommes arrivés hier. L'ambassadeur est indisposé, et ne sortira pas de quelques jours. S'il était seulement plus liant, tout irait bien. Je le vois, je le vois bien, le sort m'a préparé de rudes épreuves! Mais, courage! Un esprit léger supporte tout! Un esprit léger? je ris de voir ce mot venir au bout de ma plume. Hélas! un peu de cette légèreté me rendrait l'homme le plus heureux de la terre! Quoi! d'autres, avec très peu de force et de savoir, se pavanent devant moi, pleins d'une douce complaisance pour eux-mêmes, et moi je désespère de mes forces et de mes talents! Dieu puissant, qui m'as fait tous ces dons, que n'en as-tu retenu une partie, pour me donner en place la confiance en moi-même et la modestie!

Patience, patience, tout ira mieux. En vérité, mon ami, tu as raison. Depuis que je suis tous les jours poussé dans la foule, et que je vois ce que font les gens et comment ils s'y prennent, je suis plus content de moi-même. Certes, puisque nous sommes faits de telle sorte que nous comparons tout à nous-mêmes, et nous-mêmes à tout, il s'ensuit que le bonheur ou l'infortune gît dans les objets que nous contemplons, et dès lors il n'y a rien de plus dangereux que la solitude. Notre imagination, portée de sa nature à s'élever, et nourrie

par les images et la fantaisie de la poésie, se crée une
hiérarchie d'êtres où nous sommes au bas de l'échelle,
où tout en dehors de nous paraît plus excellent, et où
tout autre nous paraît plus parfait que nous-mêmes.
Et cela est tout naturel : nous sentons si souvent qu'il
nous manque tant de choses ; et ce qui nous manque,
souvent un autre semble le posséder. Nous lui donnons
alors tout ce que nous avons nous-mêmes, et encore
par-dessus tout cela une certaine égalité d'humeur,
tout à fait idéale. Et voilà l'homme heureux bien au
point, créature de nos œuvres.

Par contre, lorsque, avec toute notre faiblesse, toute
notre misère, nous n'avançons que pas à pas, nous arri-
vons souvent plus loin, en louvoyant, que d'autres en
faisant force de voiles et de rames ; et... C'est pourtant
avoir un vrai sentiment de soi-même que de marcher de pair avec les autres, ou même de les devan-
cer.

26 novembre.

Je commence, somme toute, à me trouver assez
bien ici. Le meilleur, c'est que l'ouvrage ne manque
pas, et que ce grand nombre de personnes et de nouveaux visages de toute espèce offre à mon âme un
spectacle des plus variés. J'ai fait la connaissance du
comte de C..., pour qui je sens croître mon respect de
jour en jour. C'est un homme d'un génie vaste, et qui
n'est pas devenu insensible parce qu'il voit les choses
de haut ; dans son commerce, il témoigne d'une extraor-
dinaire sensibilité pour l'amitié et pour l'amour. Il
s'intéressa à moi à propos d'une affaire qui me donna
l'occasion de l'entretenir. Il remarqua dès les premiers
mots que nous nous entendions, et qu'il pouvait me
parler comme il n'aurait pas fait avec tout le monde.
Aussi je ne puis assez me louer de la manière ouverte
dont il en use avec moi. Il n'y a pas au monde de joie

plus vraie, plus sensible, que de voir une grande âme qui s'ouvre devant vous.

24 décembre.

L'ambassadeur me tourmente beaucoup ; je l'avais prévu. C'est le sot le plus pointilleux qu'on puisse voir, marchant pas à pas, et minutieux comme une vieille fille. C'est un homme qui n'est jamais content de lui-même, et que personne ne peut contenter. Je travaille assez couramment, et je ne retouche pas volontiers. Il sera homme à me rendre un mémoire, et à me dire : « Il est bien ; mais revoyez-le ; on trouve toujours un meilleur mot, une particule plus juste. » Alors je me donnerais au diable de bon cœur. Pas un *et*, pas la moindre conjonction ne peut être omise, et il est ennemi mortel de toute inversion qui m'échappe quelquefois. Si une période n'est pas construite suivant sa vieille routine de style, il n'y entend rien. C'est un martyre que d'avoir affaire à un tel homme.

La confiance du comte de C... est la seule chose qui me dédommage. Il n'y a pas longtemps qu'il me dit franchement combien il était mécontent de la lenteur et des scrupules de mon ambassadeur. Ces gens-là se tracassent eux-mêmes et les autres. « Et cependant, disait le comte, il faut en prendre son parti, comme un voyageur qui est obligé de passer une montagne : sans doute si la montagne n'était pas là, le chemin serait bien plus facile et plus court ; mais elle y est, et il faut passer. »

Le patron s'aperçoit bien de la préférence que le comte me donne sur lui, ce qui l'aigrit encore ; et il saisit toutes les occasions de parler mal du comte devant moi. Je prends, comme de raison, le parti de l'absent, et les choses n'en vont que plus mal. Hier, il me mit tout à fait hors des gonds, car il tirait en même temps sur moi. « Le comte, me disait-il, connaît assez

bien les affaires, il a de la facilité, il écrit fort bien ;
mais la grande érudition lui manque, comme à tous
les beaux esprits. » Il accompagna ces mots d'une mine
qui disait : « Sens-tu le trait ? » Mais le trait ne m'atteignit point. J'éprouvai du mépris pour l'homme capable de penser et d'agir de la sorte. Je lui tins tête ;
je répondis que le comte méritait toute considération,
non pas seulement pour son caractère, mais aussi
pour ses connaissances. « Je ne sache personne, dis-je,
qui ait mieux réussi que lui à étendre son esprit, à
l'appliquer à un nombre infini d'objets, tout en restant
parfaitement propre à la vie active. » Tout cela était
de l'hébreu pour lui. Je lui tirai ma révérence, pour ne
pas me faire plus de bile à l'entendre déraisonner.

Et c'est à vous que je dois m'en prendre, à vous, qui
m'avez fourré là, et qui m'avez tant prôné l'activité.
L'activité ! Si celui qui plante des pommes de terre et
va vendre son grain au marché n'est pas plus utile que
moi, je veux ramer encore dix ans sur cette galère où
je suis enchaîné.

Et cette brillante misère, cet ennui qui règne parmi
ces vilaines gens qui se côtoient ici ! cette manie de
rangs, qui fait qu'ils se surveillent et s'épient pour
gagner un pas l'un sur l'autre ! que de petites, de pitoyables passions, qui ne sont pas même tant soit peu mas-
quées !... Par exemple, il y a ici une femme qui entretient
tout le monde de sa noblesse et de ses biens ; pas un
étranger qui ne doive dire : « Voilà une sotte créature
à qui la tête tourne pour quelques quartiers de noblesse et quelques arpents de terre. » Mais ce qui
est le comble, c'est qu'elle est tout uniment fille d'un
greffier du voisinage. Vois-tu, mon cher Wilhelm, je ne
conçois rien à cette orgueilleuse espèce humaine, qui
a assez peu de bon sens pour se prostituer aussi plate-
ment.

Au reste, il n'est pas sage, j'en conviens et je le vois

davantage tous les jours, de juger les autres d'après
soi. J'ai bien assez à faire avec moi-même, moi dont le
cœur et l'imagination recèlent tant d'orages... Hélas!
je laisse bien volontiers chacun aller son chemin : si
l'on voulait me laisser aller de même!

Ce qui me vexe le plus, ce sont ces misérables con-
ventions sociales. Je sais aussi bien qu'un autre combien la distinction des rangs est nécessaire, combien
d'avantages elle me procure à moi-même ; mais je ne
voudrais pas qu'elle me barrât le chemin qui peut me
conduire à quelque plaisir et procurer ne fût-ce que
l'ombre d'un bonheur. Je fis dernièrement connaissance à la promenade d'une demoiselle de B..., aimable
personne qui, au milieu des airs empesés de ceux avec
qui elle vit, a conservé beaucoup de naturel. En con-
versant, nous nous plûmes l'un à l'autre ; et, lorsque
nous nous séparâmes, je lui demandai la permission
de la voir chez elle. Elle me l'accorda avec tant de
cordialité, que je pouvais à peine attendre l'heure convenable pour l'aller voir. Elle n'est point de cette ville,
et demeure chez une tante. La physionomie de la
vieille tante ne me plut point. Je lui témoignai pourtant les plus grandes attentions, et lui adressai presque
toujours la parole. En moins d'une demi-heure je
démêlai, ce que l'aimable nièce m'a avoué depuis, que
la chère tante, dans sa vieillesse, était dans un grand
dénuement de tout ; qu'elle n'avait, en fait d'esprit
et de bien, pour toute ressource que le nom de sa
famille, pour tout abri que le rang derrière lequel elle
est retranchée, et pour toute récréation que le plaisir
de laisser passer ses regards, par-dessus la tête des
bourgeois, du balcon de son premier étage. On dit
qu'elle a été belle dans sa jeunesse, qu'elle a gaspillé
sa vie, et fait le tourment de plus d'un pauvre garçon,
par ses caprices, dans un âge plus mûr, pour baisser
humblement la tête sous le joug d'un vieil officier, qui,

à ce prix, et en échange d'une médiocre pension, passa
avec elle l'âge d'airain et mourut. Maintenant elle se
voit seule dans l'âge de fer, et personne ne se soucie-
rait d'elle, si sa nièce n'était pas si aimable.

8 janvier 1772.

Quels hommes que ceux dont l'âme tout entière gît
dans le cérémonial, qui passent toute l'année à imaginer les moyens de pouvoir se glisser à table à une place
plus haute d'un siège! Ce n'est pas qu'ils manquent
d'ailleurs d'occupations ; tout au contraire, ces futiles
débats leur taillent de la besogne, et les empêchent de
terminer les affaires importantes. C'est ce qui arriva la
semaine dernière lors d'une partie de traîneaux : toute
la fête fut troublée.

Les fous, qui ne voient pas que la place ne fait rien,
à vrai dire, et que celui qui a la première joue bien
rarement le premier rôle! Combien de rois qui sont
conduits par leurs ministres, et de ministres qui sont
gouvernés par leurs secrétaires! Et qui donc est le
premier? Celui, je pense, dont l'esprit domine les
autres, et qui a assez de pouvoir ou de ruse pour faire
servir leur puissance et leurs passions à l'exécution
de ses plans.

20 janvier.

Il faut que je vous écrive, chère Charlotte, ici, dans la
chambre d'une petite auberge de campagne, où je me
suis réfugié contre le mauvais temps. Depuis que je
végète, dans ce triste D..., au milieu de gens étrangers,
oui, très étrangers à mon cœur, je n'ai trouvé aucun
instant, aucun où ce cœur m'ait ordonné de vous écrire ;
mais, à peine dans cette cabane, dans ce réduit solitaire, où la neige et la grêle se déchaînent contre ma
petite fenêtre, vous avez été mâ première pensée. Dès
que j'y suis entré, votre image, votre souvenir, ô

Charlotte! se sont présentés à moi, ardents et sacrés. Grand Dieu! Enfin, de nouveau un moment de bonheur!

Si vous me voyiez, Charlotte, au milieu du torrent des distractions! Comme tout mon être se flétrit! Pas un instant d'abondance de cœur, pas une heure de félicité! rien, rien! Je suis là comme devant une boîte d'optique : je vois de petits hommes et de petits chevaux passer et repasser devant moi, et je me demande souvent si ce n'est point une illusion d'optique. Je joue aussi mon rôle ; ou plutôt on se joue de moi, on me fait mouvoir comme une marionnette. Je saisis quelquefois mon voisin par sa main de bois, et je recule en frissonnant. Le soir, je me propose de jouir du lever du soleil, et le matin je reste au lit. Pendant la journée, je me promets d'admirer le clair de lune, et je ne quitte pas la chambre. Je ne sais pas au juste pourquoi je me couche, pourquoi je me lève.

Le levain qui faisait fermenter ma vie me manque ; le charme qui me tenait éveillé au milieu des nuits, et qui m'arrachait au sommeil le matin, a disparu.

Je n'ai trouvé ici qu'une seule créature qui mérite le nom de femme, Mlle de B... Elle vous ressemble, Charlotte, si l'on peut vous ressembler. Oh! direz-vous, il se mêle aussi de faire des compliments! Cela n'est pas tout à fait faux. Depuis quelque temps je suis fort aimable, parce que je ne puis être autre chose ; je fais de l'esprit, et les femmes disent que personne ne sait louer plus joliment que moi (ni mentir, ajoutez-vous : car l'un ne va pas sans l'autre). Je voulais vous parler de Mlle de B... Elle a beaucoup d'âme, et cette âme perce tout entière à travers ses yeux bleus. Son rang lui est à charge ; il ne contente aucun des désirs de son cœur. Elle aspire à se voir hors du tumulte, et nous passons quelquefois des heures entières à nous figurer un bonheur sans mélange, au milieu des scènes champêtres, et à parler de vous. Ah! combien de fois n'est-elle pas obligée de vous rendre hommage! Obligée? Non. Elle le fait volontiers : elle a tant de plaisir à entendre parler de vous! Elle vous aime.

Oh! si j'étais assis à vos pieds dans votre chère petite chambre, tandis que les enfants se rouleraient par terre autour de moi! Quand vous trouveriez qu'ils feraient trop de bruit, je les rassemblerais tranquilles auprès de moi en leur contant quelque effrayant *Conte de ma mère l'Oye.*

Le soleil se couche majestueusement derrière ces collines resplendissantes de neige. La tempête s'est apaisée. Et moi... Il faut que je rentre dans ma cage. Adieu! Albert est-il auprès de vous? et comment? Dieu me pardonne cette question.

8 février.

Voilà huit jours qu'il fait le temps le plus affreux, et je m'en réjouis : car, depuis que je suis ici, il n'a pas fait un beau jour qu'un importun ne soit venu me l'enlever ou me l'empoisonner. Au moins puisqu'il pleut, vente, gèle et dégèle, il ne peut faire, me dis-je, plus mauvais à la maison que dehors, ni meilleur aux champs qu'à la ville ; et je suis content. Si le soleil levant promet une belle journée, je ne puis m'empêcher de m'écrier : Voilà donc encore une faveur du ciel dont ils sauront se gâter le plaisir! Il n'est rien au monde dont ils ne se gâtent le plaisir. Santé, joie, repos, bonne renommée, et la plupart du temps, par imbécillité, incompréhension et étroitesse d'esprit, mais, à les entendre, dans les plus nobles intentions. Je serais quelquefois tenté de les prier à deux genoux de ne pas se déchirer les entrailles avec tant de fureur.

17 février.

Je crains bien que l'ambassadeur et moi nous ne soyons pas longtemps d'accord. Cet homme est complètement insupportable ; sa manière de travailler et de conduire les affaires est si ridicule, que je ne puis m'empêcher de le contrarier et de faire souvent à ma tête et à ma façon ; ce qui naturellement n'a jamais l'avantage de lui agréer. Il s'en est plaint dernièrement à la cour. Le ministre m'a fait une réprimande, douce à la vérité, mais enfin c'était une réprimande ; et j'étais sur le point de demander mon congé, lorsque j'ai reçu une lettre personnelle de lui, une lettre devant laquelle je me suis mis à genoux pour adorer le sens droit, ferme et élevé qui l'a dictée. Tout en réprimant ma trop grande susceptibilité, il exprime son respect pour mes idées outrées d'activité, d'influence sur les autres, de pénétration dans les affaires, qu'il traite de noble ardeur de jeunesse, il tâche non de détruire cette ardeur, mais de la modérer et de la réduire à ce point où elle peut être de mise et avoir de bons effets. Aussi me voilà encouragé pour huit jours, et réconcilié avec moi-même. Le repos de l'âme et le contentement de soi est une superbe chose. Pourquoi faut-il, cher ami, que ce joyau soit aussi fragile qu'il est rare et précieux ?

20 février.

Que Dieu vous bénisse [1], mes amis, et vous donne tous les jours de bonheur qu'il me retranche!

Je te rends grâce, Albert, de m'avoir trompé. J'attendais l'avis qui devait m'apprendre le jour de votre mariage et je m'étais promis de détacher, ce même jour, avec solennité, la silhouette de Charlotte de la muraille, et de l'enterrer parmi d'autres papiers. Vous voilà unis, et son image est encore ici! Elle y restera! Et pourquoi non? Ne suis-je pas aussi chez vous? Ne suis-je pas aussi, sans te nuire, dans le cœur de Charlotte? J'y tiens, oui, j'y tiens la seconde place, et je veux, je dois la conserver. Oh! je serais furieux si elle

pouvait oublier... Albert, l'enfer est dans cette idée.
Albert! adieu. Adieu, ange du ciel ; adieu, Charlotte!

15 mars.

J'ai essuyé une mortification qui me chassera d'ici.
Je grince les dents! Diable! c'est une chose faite ; et
c'est encore à vous que je dois m'en prendre, à vous,
qui m'avez aiguillonné, poussé, tourmenté pour me
faire prendre un emploi qui ne me convenait pas. Me
voilà bien et vous aussi! Et afin que tu ne dises pas
encore que mon exaltation gâte tout, je vais, mon cher,
t'exposer le fait avec toute la précision et la netteté
d'un chroniqueur.

Le comte de C... m'aime, me distingue ; on le sait,
je te l'ai dit cent fois. Je dînais hier chez lui : c'était
son jour de grande soirée ; il reçoit ce jour-là toute la
société huppée des deux sexes à laquelle je n'avais
jamais songé ; surtout il ne m'était jamais venu dans
l'esprit que nous autres subalternes nous ne sommes
pas là à notre place. Fort bien. Je dîne donc chez le
comte. Après le dîner, nous marchons de long en large
dans la grande salle, le comte et moi ; nous causons.
Le colonel de B... survient, se mêle à la conversation,
et ainsi l'heure de la soirée arrive : Dieu sait si je pense
à rien. Alors entre très haute et très puissante dame
de S... avec monsieur son époux, et leur fille, oison frais
couvé avec sa gorge plate et son gentil corselet ; ils
lancent en passant très nobles et puissants regards et
retroussent leur nez de grands seigneurs. Comme je
déteste cordialement cette race, je voulais tirer ma révérence, et j'attendais seulement que le comte fût
délivré du babil odieux dont on l'accablait, lorsque
Mlle de B... entra. Je sens toujours mon cœur s'épanouir un peu quand je la vois : je demeurai, je me plaçai
derrière son fauteuil, et ce ne fut qu'au bout de quelque
temps que je m'aperçus qu'elle me parlait d'un ton

moins ouvert que de coutume, et avec une sorte d'embarras. J'en fus surpris. « Est-elle aussi comme tout ce monde-là ? » dis-je en moi-même. J'étais piqué ; je voulais me retirer, et cependant je restai encore ; je ne demandais qu'à la justifier et n'arrivais pas à le croire ; j'espérais un mot d'elle ; et... ce que tu voudras. Cependant le salon se remplit : c'est le baron de F..., couvert de toute la garde-robe du temps du couronnement de François Ier [1] ; le conseiller antique R..., qualifié ici de M. de R..., et accompagné de sa sourde moitié ; sans oublier le mal équipé J..., qui rapetasse les trous de sa garde-robe désuète avec des chiffons à la mode. Tout cela arrive en foule. J'adresse la parole à quelques personnes de ma connaissance, que je trouve fort laconiques. Je pensais et ne prenais garde qu'à Mlle de B... Je n'apercevais pas que les femmes se parlaient à l'oreille au bout du salon, que cela gagnait les hommes, que Mme de S... s'entretenait avec le comte : Mlle de B... m'a raconté tout cela depuis. Enfin le comte vint à moi, et me conduisit dans l'embrasure d'une fenêtre. « Vous connaissez, me dit-il, notre bizarre étiquette. La société, à ce qu'il me semble, ne vous voit point ici avec plaisir ; je ne voudrais pas pour tout... — Excellence, lui dis-je en l'interrompant, je vous demande mille pardons ; j'aurais dû y songer plus tôt ; vous me pardonnerez cette inconséquence. J'avais déjà pensé à me retirer ; un mauvais génie m'a retenu », ajoutai-je en souriant et en lui faisant ma révérence. Le comte me serra la main avec une expression qui disait tout. Je m'effaçai discrètement et saluai l'illustre compagnie, sortis, montai en cabriolet, et me rendis à M..., pour y voir de la colline le soleil se coucher ; et là, je lus ce beau chant d'Homère où il raconte comment Ulysse fut hébergé par le digne porcher [2]. Tout cela était fort bien.

Je revins le soir pour souper. Il n'y avait encore à

notre hôtel que quelques personnes qui jouaient aux
dés sur le coin de la table, après avoir écarté un bout
de la nappe. Je vis entrer l'honnête Adelin. Il accrocha
son chapeau en me regardant, vint à moi, et me dit
tout bas : « Tu as eu des désagréments ? — Moi ? — Le
comte t'a fait entendre qu'il fallait quitter son salon.
— Au diable le salon ! J'étais bien aise de prendre
l'air. — Fort bien, dit-il, tu as raison d'en rire. Je suis
seulement fâché que l'affaire soit connue partout. »
Ce fut alors que je me sentis piqué. Tous ceux qui
venaient se mettre à table, et qui me regardaient, me
paraissaient au fait de mon aventure, et le sang me
bouillait.

Et maintenant que partout où je vais on s'apitoie
sur moi, que j'apprends que mes envieux triomphent,
et disent : « Voilà où en arrivent les insolents, qui, pour
quelques grains d'esprit, se croient permis de braver
toutes les bienséances », et d'autres ragots aussi bas...
alors on se donnerait volontiers d'un couteau dans le
cœur. Qu'on dise ce qu'on voudra de la fermeté ; je
voudrais voir celui qui peut souffrir que des gredins
glosent sur son compte, lorsqu'ils ont sur lui quelque
prise. Quand leurs propos sont sans nul fondement,
ah ! l'on peut alors ne pas s'en mettre en peine.

16 mars.

Tout conspire contre moi. Je rencontre aujourd'hui
Mlle de B... à la promenade. Je n'ai pu m'empêcher
de lui parler, et, dès que nous nous sommes trouvés
un peu écartés de la compagnie, de lui dire combien
j'avais été peiné de la conduite qu'elle avait tenue
l'autre jour avec moi. « Werther ! m'a-t-elle dit avec
chaleur, avez-vous pu, connaissant mon cœur, inter-
préter ainsi mon trouble ? Que n'ai-je pas souffert pour
vous, depuis l'instant où j'entrai dans le salon ? Je
prévis tout ; cent fois j'eus la bouche ouverte pour

vous le dire. Je savais que la de S... et la de T... quitte-
raient la place plutôt que de rester dans votre société ;
je savais que le comte n'oserait pas se brouiller avec
elles ; et aujourd'hui quel tapage ! — Comment, mademoiselle ?... » m'écriai-je ; et je cachai mon trouble,
car tout ce qu'Adelin m'avait dit avant-hier me
courait dans ce moment par les veines comme une
eau bouillante. « Que cela m'a déjà coûté ! » ajouta
cette douce créature, les larmes aux yeux ! Je n'étais
plus maître de moi-même, et j'étais sur le point de me
jeter à ses pieds. « Expliquez-vous », lui dis-je. Ses
larmes coulèrent sur ses joues ; j'étais hors de moi. Elle
les essuya sans vouloir les cacher. « Ma tante ! vous la
connaissez, reprit-elle ; elle était présente, et elle a vu,
ah ! de quel œil elle a vu cette scène ! Werther, j'ai
essuyé hier soir et ce matin un sermon sur ma liaison
avec vous, et il m'a fallu vous entendre ravaler, humi-
lier, sans pouvoir, sans oser vous défendre qu'à demi. »

Chaque mot qu'elle prononçait était un coup de
poignard pour mon cœur. Elle ne sentait pas quel acte
de compassion c'eût été que de me taire tout cela. Elle
ajouta tout ce qu'on allait encore débiter sur mon
compte et quels allaient être les gens pour qui ce serait
un triomphe ; comme on chanterait partout que mon
orgueil et ces dédains pour les autres qu'ils me repro-
chaient depuis longtemps étaient enfin punis. Entendre
tout cela de sa bouche, Wilhelm, prononcé d'une voix
si compatissante ! J'étais atterré, et j'en ai encore la
rage dans le cœur. Je voudrais que quelqu'un s'avisât
de me le reprocher, pour pouvoir lui passer mon épée
au travers du corps ! Si je voyais du sang, je serais plus
tranquille. Ah ! j'ai déjà cent fois saisi un couteau pour
faire cesser l'oppression de mon cœur. L'on parle d'une
noble race de chevaux qui, quand ils sont échauffés et
surmenés, s'ouvrent eux-mêmes, par instinct, une
veine avec les dents pour se faciliter la respiration. Je

me trouve souvent dans le même cas : je voudrais
m'ouvrir une veine qui me procurât la liberté éternelle.

24 mars.

J'ai offert ma démission à la cour ; j'espère qu'elle
sera acceptée. Vous me pardonnerez si je ne vous ai
pas préalablement demandé votre permission. Il ne me
restait qu'à partir, et je sais d'avance tout ce que vous
auriez pu dire pour me persuader de rester. Ainsi
donc... tâche de dorer la pilule à ma mère. Moi-même
je ne sais que me dire : elle doit donc se résigner à ce
que je ne sache que lui dire. Cela doit sans doute lui
faire de la peine : voir son fils s'arrêter tout à coup dans
la carrière qui devait le mener au conseil privé et aux
ambassades ; le voir revenir honteusement sur ses pas
et remettre sa monture à l'écurie ! Faites-en ce que vous
voudrez, combinez tous les cas possibles où j'aurais dû
et pu rester : il suffit, je pars. Et afin que vous sachiez
où je vais, je vous dirai qu'il y a ici le prince de..., qui
se plaît à ma société ; dès qu'il a entendu parler de mon
dessein, il m'a prié de l'accompagner dans ses terres et
d'y passer le beau printemps. J'aurai liberté entière, il
me l'a promis ; et comme nous nous entendons jusqu'à
un certain point, je veux courir la chance, et je pars
avec lui.

POST-SCRIPTUM

19 avril.

Je te remercie de tes deux lettres. Je n'y ai point
fait de réponse, parce que j'avais différé de t'envoyer
celle-ci jusqu'à ce que j'eusse obtenu mon congé de la
cour, dans la crainte que ma mère ne s'adressât au
ministre et ne gênât mon projet. Mais c'est une affaire
faite ; le congé est arrivé. Il est inutile de vous dire

avec quelle répugnance on a accepté cette démission, et tout ce que le ministre m'écrit : vous éclateriez de plus belle en lamentations. Le prince héritier m'a envoyé en guise d'aveu une gratification de vingt-cinq ducats, qu'il a accompagnée d'un mot dont j'ai été touché jusqu'aux larmes : je n'ai donc pas besoin de l'argent que je demandais à ma mère dans la lettre que je viens de lui écrire.

5 mai.

Je pars demain ; et comme le lieu de ma naissance n'est éloigné de ma route que de six milles, je veux le revoir, et me rappeler ces anciens jours qui passèrent comme un rêve heureux. Je veux entrer par cette porte par laquelle ma mère sortit avec moi en voiture, lorsque après la mort de mon père elle quitta ce séjour chéri pour aller se renfermer dans son insupportable ville. Adieu, Wilhelm : tu auras des nouvelles de mon voyage.

9 mai.

J'ai fait le pèlerinage aux lieux qui m'ont vu naître, avec toute la piété d'un pèlerin et ai éprouvé maints sentiments inattendus. Près du grand tilleul qui se trouve à un quart de lieue de la ville, sur la route de S..., je fis arrêter, descendis de voiture, et dis au postillon d'aller en avant, pour cheminer moi-même à pied, et goûter selon mon cœur toute la nouveauté, toute la vivacité de chaque réminiscence. Je m'arrêtai là, sous ce tilleul qui était, jadis, dans mon enfance, le but et le terme de mes promenades. Quel changement ! Alors, dans une heureuse ignorance, j'aspirais à m'élancer dans ce monde inconnu, où j'espérais pour mon cœur tant d'aliment, tant de jouissances, pour combler et satisfaire ses ardents désirs. Maintenant je reviens de ce monde. Ô mon ami ! que d'espérances déçues, que

de plans renversés ! J'avais devant les yeux cette chaîne
de montagnes que j'ai tant de fois contemplée avec un
œil d'envie : alors je restais là assis des heures entières ; je me transportais au loin en idée ; toute mon
âme se perdait dans ces forêts, dans ces vallées, qui
semblaient me sourire dans le lointain, enveloppées
de leur voile de vapeurs ; et lorsque l'heure était venue
de me retirer, que j'avais de peine à quitter ce cher
lieu ! Je m'approchai de la ville ; je saluai les petites
maisons entourées de jardins, que je reconnaissais :
les nouvelles ne me plurent point ; tous les changements
qu'on avait faits par ailleurs me faisaient mal. Je
franchis la porte de la ville, et je me retrouvai à l'instant tout entier. Mon ami, je n'entrerai dans aucun
détail : quelque charme qu'ait eu pour moi tout ce
que je vis, je ne te ferais qu'un récit monotone. J'avais
résolu de prendre mon logement sur la place du marché,
justement auprès de notre ancienne maison. En y
allant, je remarquai que l'école où une bonne vieille
nous rassemblait dans notre enfance avait été changée
en une mercerie. Je me rappelai l'inquiétude, les
larmes, la mélancolie et les serrements de cœur que
j'avais essuyés dans ce trou. Je ne faisais pas un pas qui
n'amenât un souvenir. Non, je le répète, un pèlerin de
la terre sainte trouve moins d'endroits de religieuse
mémoire, et son âme n'est peut-être pas aussi remplie
de saintes affections. Encore un exemple entre mille :
Je descendis la rivière jusqu'à une certaine métairie
où j'allais aussi fort souvent autrefois et y retrouvai les
endroits où nous autres enfants faisions des ricochets
à qui mieux mieux. Je me rappelais si bien comme je
m'arrêtais quelquefois à regarder couler l'eau ; avec
quelles singulières conjectures j'en suivais le cours ; les
idées merveilleuses que je me faisais des régions où
elle se rendait ; comme mon imagination trouvait
bientôt des limites, et pourtant cela devait continuer

plus loin, plus loin encore, jusqu'à ce qu'enfin je me
perdais dans la contemplation d'invisibles lointains.
Vois-tu, mon ami, telles étaient les bornes, tel le bonheur des admirables Anciens, telles la naïveté de leurs
sentiments et leur poésie. Quand Ulysse parle de la
mer immesurable, de la terre infinie, cela est si profondément senti, c'est vrai et humain, c'est à la fois ren-
fermé dans des bornes étroites, et plein de mystère.
A quoi me sert-il de pouvoir aujourd'hui avec chaque
écolier répéter qu'elle est ronde ? Il ne faut à l'homme
que quelques mottes de terre pour soutenir sa vie, et
moins encore pour y reposer ses restes.

Je suis actuellement à la maison de plaisance du
prince. Encore peut-on vivre avec ce seigneur : il est
vrai et simple. Mais il est entouré de personnages
singuliers, que je ne comprends pas. Ils n'ont pas l'air
de fripons, et n'ont pas non plus la mine d'honnêtes
gens. Parfois ils me semblent honnêtes, et cependant
je n'ose me fier à eux. Ce qui me fâche aussi, c'est que
le prince parle souvent de choses qu'il ne sait que par
ouï-dire ou pour les avoir lues, et toujours dans le
point de vue où on les lui a présentées.

Une chose encore, c'est qu'il fait plus de cas de mon
esprit et de mes talents que de ce cœur dont seulement
je fais vanité, et qui est seul la source de tout, de toute
force, de tout bonheur, et de toute misère. Ah! ce que
je sais, tout le monde peut le savoir ; mais mon cœur
n'est qu'à moi.

25 mai.

J'avais quelque chose en tête, dont je ne voulais
vous parler qu'après coup ; mais puisqu'il n'en sera
rien, je puis vous le dire actuellement. Je voulais aller
à la guerre. Ce projet m'a tenu longtemps au cœur. Ç'a
été le principal motif qui m'a engagé à suivre ici le
prince, qui est général au service de... Je lui ai décou-

vert mon dessein dans une promenade, il m'en a détourné ; et il y aurait eu plus d'entêtement que de caprice en moi de ne pas me rendre à ses raisons.

11 juin.

Dis ce que tu voudras, je ne puis demeurer ici plus longtemps. Qu'est-ce que je fais ici ? je m'ennuie. Le prince me traite on ne peut mieux. Fort bien ; mais je ne suis point à mon aise. Et dans le fond, nous n'avons rien de commun ensemble. C'est un homme d'esprit, mais d'un esprit tout à fait ordinaire ; sa conversation ne m'amuse pas plus que la lecture d'un livre bien écrit. Je resterai encore huit jours, puis je recommencerai mes courses vagabondes. Ce que j'ai fait de mieux ici, ç'a été de dessiner. Le prince a le sentiment de l'art, et ce sentiment serait encore plus développé, s'il était moins engoué du jargon scientifique et par l'emploi des termes convenus. Souvent je grince les dents d'impatience et de colère lorsque je m'échauffe à lui faire sentir la nature et à l'élever à l'art, et qu'il croit faire merveille s'il peut mal à propos fourrer dans la conversation quelque terme bien technique.

16 juin.

Oui, sans doute, je ne suis qu'un voyageur, un pèlerin sur la terre ! Êtes-vous donc plus ?

18 juin.

Où je prétends aller ? Je te le dirai en confidence. Je suis forcé de passer encore quinze jours ici. Je me suis suggéré que je voulais ensuite aller visiter les mines de ... ; mais, dans le fond, il n'en est rien : je ne veux que me rapprocher de Charlotte, et voilà tout. Je ris de mon propre cœur... et je fais toutes ses volontés.

29 juillet.

Non, c'est bien, tout est pour le mieux! Moi, son époux! Ô Dieu qui m'as donné le jour, si tu m'avais préparé cette félicité, toute ma vie n'eût été qu'une continuelle adoration! Je ne veux point récriminer. Pardonne-moi ces larmes, pardonne-moi mes souhaits inutiles... Elle, ma femme! Oh! si j'avais serré dans mes bras la plus douce créature qui soit sous le ciel!... Un frisson court par tout mon corps, Wilhelm, lorsque Albert embrasse sa taille si svelte.

Et cependant, le dirai-je? Pourquoi ne le dirais-je pas? Wilhelm, elle eût été plus heureuse avec moi qu'avec lui! Oh! ce n'est point là l'homme capable de remplir tous les vœux de ce cœur. Un certain défaut de sensibilité, un défaut... prends-le comme tu voudras ; son cœur ne bat pas sympathiquement à la lecture d'un livre chéri, où mon cœur et celui de Charlotte se rencontrent si bien, et dans mille autres circonstances quand il nous arrive de dire notre sentiment sur l'action d'un tiers. Il est vrai qu'il l'aime de toute son âme ; et que ne mérite pas un pareil amour!...

Un importun m'a interrompu. Mes larmes sont séchées ; me voilà distrait. Adieu, cher ami.

4 août.

Je ne suis pas le seul à plaindre. Tous les hommes sont frustrés dans leurs espérances, trompés dans leur attente. J'ai été voir ma bonne femme des tilleuls. Son aîné accourut au-devant de moi ; un cri de joie qu'il poussa attira la mère, qui me parut fort abattue. Ses premiers mots furent : « Mon bon monsieur! hélas! mon Jean est mort. » C'était le plus jeune de ses enfants. Je gardais le silence. « Mon homme, dit-elle, est revenu de la Suisse, et il n'a rien rapporté ; et sans quelques bonnes âmes, il aurait été obligé de mendier : la fièvre l'avait pris en chemin. » Je ne pus rien lui dire,

8

je donnai quelque chose au petit. Elle me pria d'accepter quelques pommes, je le fis, et je quittai ce lieu de triste souvenir.

21 août.

En un tour de main tout change avec moi. Parfois un doux rayon de la vie veut bien se lever de nouveau et m'éclairer, hélas! seulement pour un moment! Quand je me perds ainsi dans des rêves, je ne puis me défendre de cette pensée : « Quoi! si Albert mourait! tu deviendrais... » Alors je poursuis ce fantôme, jusqu'à ce qu'il me conduise à des abîmes devant lesquels je recule en tremblant.

Si je sors de la ville, et que je me retrouve sur cette route que je parcourus en voiture la première fois que j'allai prendre Charlotte pour la conduire au bal, quel changement! Tout, tout a disparu. Il ne me reste plus rien de ce monde qui a passé ; pas un battement de cœur du sentiment que j'éprouvais alors. Je suis comme un esprit qui, revenant dans le château qu'il bâtit autrefois lorsqu'il était un puissant prince, qu'il décora de tous les dons de la magnificence, et qu'il laissa en mourant à un fils plein d'espérance, le trouverait brûlé et démoli.

3 septembre.

Quelquefois je ne puis comprendre comment un autre peut l'aimer, ose l'aimer, quand je l'aime si uniquement, si profondément, si pleinement, quand je ne connais rien, ne sais rien, n'ai rien qu'elle!

4 septembre.

Oui, c'est bien ainsi : de même que la nature s'incline vers l'automne, l'automne commence en moi et autour de moi. Mes feuilles jaunissent, et déjà les feuilles des arbres voisins sont tombées. Ne t'ai-je pas

une fois parlé, aussitôt après mon arrivée, d'un jeune
valet de ferme? J'ai demandé de ses nouvelles à
Wahlheim. On me dit qu'il avait été chassé de la maison où il était, et personne ne voulut m'en apprendre
davantage. Hier je le rencontrai par hasard sur la
route d'un autre village. Je lui parlai, et il me conta
son histoire, dont je fus touché à un point que tu
comprendras aisément lorsque je te l'aurai répétée.
Mais à quoi bon? Pourquoi ne pas garder pour moi
seul ce qui m'afflige et me rend malheureux? Pourquoi t'affliger aussi? Pourquoi te donner toujours
l'occasion de me plaindre ou de me gronder? Qui sait?
cela tient peut-être aussi à ma destinée.

Le jeune homme ne répondit d'abord à mes questions
qu'avec une tristesse contenue, dans laquelle je crus
démêler une certaine timidité; mais bientôt plus
expansif, comme si tout à coup il nous eût reconnus
tous les deux, il m'avoua sa faute et se plaignit de son
malheur. Que ne puis-je, mon ami, te faire juge de
chacune de ses paroles! Il avoua, il raconta même avec
une sorte de plaisir, et comme en jouissant de ses
souvenirs, que sa passion pour la fermière avait aug-
menté de jour en jour; qu'à la fin il ne savait plus
ce qu'il faisait; qu'il ne savait plus, selon son expression, où donner de la tête. Il ne pouvait plus ni manger,
ni boire, ni dormir; cela le prenait à la gorge; il faisait
ce qu'il ne fallait pas faire; ce qu'on lui ordonnait, il
l'oubliait: il semblait possédé par quelque démon.
Un jour enfin qu'elle était montée dans un grenier, il
l'avait suivie, ou plutôt il y avait été attiré après elle.
Comme elle ne se rendait pas à ses prières, il voulut
s'emparer d'elle de force. Il ne conçoit pas comment
il en est venu là; il prend Dieu à témoin que ses vues
ont toujours été honorables, et qu'il n'a jamais sou-
haité rien plus ardemment que de l'épouser et de passer sa vie avec elle. Après avoir longtemps parlé, il

hésita, et s'arrêta comme quelqu'un à qui il reste encore
quelque chose à dire, et qui n'ose le faire. Enfin il
m'avoua avec timidité les petites familiarités qu'elle
lui permettait, les légères privautés qu'elle lui avait
laissé prendre ; et, en disant cela, il s'interrompit à
plusieurs reprises, et répétait avec les plus vives
protestations que ce n'était pas pour la décrier (c'est
l'expression qu'il employa), qu'il l'aimait et l'estimait
comme auparavant ; que pareille chose ne serait
jamais venue à sa bouche, et qu'il ne m'en parlait que
pour me convaincre qu'il n'avait pas été tout à fait
un furieux et un insensé. Et ici, mon cher, je recom-
mence mon ancienne chanson, mon éternel refrain.
Si je pouvais te représenter ce jeune homme tel qu'il
me parut, tel que je l'ai encore devant les yeux ! Si je
pouvais tout te dire exactement, pour te faire sentir
combien je m'intéresse à son sort, combien je dois m'y
intéresser ! Mais cela suffit. Comme tu connais aussi
mon sort, comme tu me connais aussi, tu ne dois que
trop bien savoir ce qui m'attire vers tous les malheureux, et surtout vers celui-ci.

En relisant ma lettre, je m'aperçois que j'ai oublié de
te raconter la fin de l'histoire : elle est facile à deviner.
La fermière se défendit ; son frère survint. Depuis
longtemps il haïssait le jeune homme, et l'aurait voulu
hors de la maison, parce qu'il craignait qu'un nouveau
mariage ne privât ses enfants d'un héritage assez consi-
dérable, sa sœur n'ayant pas d'enfants. Ce frère le
chassa sur-le-champ, et fit tant de bruit de l'affaire,
que la fermière, quand même elle l'eût voulu, n'eût
point osé le reprendre. Actuellement elle a un autre
domestique. On dit qu'elle s'est brouillée avec son
frère, aussi au sujet de celui-ci ; on regarde comme
certain qu'elle épousera ce nouveau venu. L'autre
m'a dit que sa résolution était prise : cela ne se ferait
pas de son vivant.

Ce que je te raconte n'est ni exagéré ni idéalisé. Je puis dire qu'au contraire je te l'ai conté faiblement, bien faiblement, et que je l'ai rendu plus grossier en l'exposant dans les termes convenus de notre morale.

Cet amour, cette fidélité, cette passion, n'est donc pas une fiction de poète! elle vit, elle existe dans sa plus grande pureté chez ces hommes que nous appelons incultes et grossiers, nous que la culture a formés pour nous déformer. Lis cette histoire avec dévotion, je t'en prie. Je suis calme aujourd'hui en te l'écrivant. Tu vois, je ne fais pas jaillir l'encre, et je ne couvre pas mon papier de taches comme de coutume. Lis, mon ami, et pense bien que cela est aussi l'histoire de ton ami! Oui, voilà ce qui m'est arrivé, voilà ce qui m'attend ; et je ne suis pas à moitié si courageux, pas à moitié si résolu que ce pauvre malheureux, avec lequel je n'ose presque pas me comparer.

5 septembre.

Elle avait écrit un petit billet à son mari, qui est à la campagne, où le retiennent quelques affaires. Il commençait ainsi : « Mon ami, mon tendre ami, reviens le plus tôt que tu pourras ; je t'attends avec impatience. » Une personne qui survint lui apprit que, par certaines circonstances, le retour d'Albert serait un peu retardé. Le billet resta là, et me tomba le soir entre les mains. Je le lis, et je souris : elle me demande pourquoi. « Que l'imagination, m'écriai-je, est un présent divin! J'ai pu me figurer un moment que ce billet m'était adressé! » Elle ne répondit rien, parut mécontente, et je me tus.

6 septembre.

J'ai eu bien de la peine à me résoudre à quitter le simple frac bleu que je portais lorsque je dansai pour la première fois avec Charlotte ; mais à la fin il était devenu trop usé. Je m'en suis fait faire un autre tout

pareil au premier, collet et parements, avec un gilet
et des culottes jaunes assortis comme ceux que j'avais
ce jour-là.

L'effet cependant n'en sera pas tout à fait le même.
Je ne sais... je crois pourtant qu'avec le temps celui-
ci aussi me deviendra plus cher.

12 septembre.

Elle avait été absente quelques jours pour aller
chercher Albert. Aujourd'hui j'entre dans sa chambre ;
elle vient au-devant de moi, et je baisai sa main avec
mille joies.

Un serin vole du miroir, et se perche sur son épaule.
« Un nouvel ami », dit-elle, et elle l'attira sur sa main.
« Il est destiné à mes petits. Il est si joli! regardez-le.
Quand je lui donne du pain, il bat des ailes, et bec-
quête si gentiment! Il me baise aussi : voyez. »

Lorsqu'elle présenta sa bouche au petit animal, il
becqueta dans ses douces lèvres, et il les pressait comme
s'il avait pu sentir la félicité dont il jouissait.

« Il faut aussi qu'il vous baise », dit-elle, et elle me
tendit l'oiseau. Son petit bec passa des lèvres de Charlotte aux miennes, et ses picotements furent comme
un souffle précurseur, un avant-goût de jouissance
amoureuse.

« Son baiser, dis-je, n'est point tout à fait désinté-
ressé. Il cherche la nourriture, et s'en va non satisfait
d'une vide caresse.

— Il mange aussi dans ma bouche », dit-elle ; et
elle lui présenta un peu de mie de pain avec ses lèvres,
où je voyais sourire toutes les joies innocentes,
tous les plaisirs, toutes les ardeurs d'un amour mutuel.

Je détournai le visage. Elle ne devrait pas faire cela ;
elle ne devrait pas allumer mon imagination par ces
images d'innocence et de félicité célestes; elle ne devrait

pas éveiller mon cœur de ce sommeil où l'indifférence
de la vie le berce quelquefois. Mais pourquoi ne le
ferait-elle pas?... Elle se fie tellement à moi ; elle sait
comment je l'aime.

15 septembre.

On se donnerait au diable, Wilhelm, quand on pense
qu'il faut qu'il y ait des hommes assez dépourvus
d'âme et de sentiment pour ne pas goûter le peu qui
vaille encore quelque chose sur la terre. Tu connais
ces noyers sous lesquels je me suis assis avec Charlotte
chez le bon pasteur de Saint-..., ces beaux noyers qui
m'apportaient toujours je ne sais quel contentement
d'âme. Comme ils rendaient la cour du presbytère
agréable et hospitalière! Que leurs rameaux étaient
frais et magnifiques! Et jusqu'au souvenir des honnêtes
ministres qui les avaient plantés il y a tant d'années!
Le maître d'école nous a dit bien souvent le nom de
l'un d'eux, qu'il tenait de son grand-père. On dit que
ce fut un galant homme, et sa mémoire m'était toujours sacrée lorsque j'étais sous ces arbres. Oui, le
maître d'école avait hier les larmes aux yeux lorsque
nous nous plaignions ensemble de ce qu'ils ont été
abattus... Abattus... J'enrage, et je crois que je tue-
rais le chien qui a donné le premier coup de hache...
Moi, qui serais homme à m'affliger sérieusement si,
ayant deux arbres comme cela dans ma cour, j'en
voyais un mourir de vieillesse, faut-il que je voie
cela! Mon cher ami, il y a une chose qui console. Ce
que c'est que le sentiment chez les hommes! Tout le
village murmure, et j'espère que la femme du pasteur
verra à son beurre, à ses œufs, et aux autres marques
d'amitié, quelle blessure elle a faite aux habitants de
l'endroit. Car c'est elle, la femme du nouveau pasteur
(notre vieux pasteur, lui aussi est mort), une créature
sèche et malingre, et qui a bien raison de ne prendre

aucun intérêt au monde, car personne n'en prend à
elle ; une sotte qui veut se donner pour savante, qui se
mêle d'examiner le canon des Écritures, qui travaille
à la nouvelle réforme critico-morale du christianisme,
et à qui les rêveries de Lavater font hausser les épaules,
dont la santé est tout à fait ruinée, et qui n'a en conséquence aucune joie sur la terre. Il n'y avait qu'une
pareille créature qui pût faire abattre mes noyers.
Vois-tu, je n'en puis pas revenir! Imagine-toi un peu,
les feuilles en tombant salissent sa cour, et la rendent
humide ; les arbres lui interceptent le jour ; et quand
les noix sont mûres, les enfants y jettent des pierres
pour les abattre, et cela affecte ses nerfs, et la trouble
dans ses profondes méditations lorsqu'elle pèse et
compare ensemble Kennikot, Semler et Michaëlis [1]
Lorsque je vis les gens du village, et surtout les anciens,
si mécontents, je leur dis : « Pourquoi l'avez-vous
souffert ? » Ils me répondirent : « Quand le maire veut,
ici, que faire ? » Mais voici qui est fait : le maire et le
ministre (car celui-ci pensait bien aussi à tirer quelque
profit des lubies de sa femme, qui ne lui rendent déjà
pas sa soupe plus grasse) convinrent de partager entre
eux ; et ils allaient le faire, lorsque la chambre des
domaines intervint, et leur dit : « Doucement! » Elle
avait de vieilles prétentions sur la partie de la cour du
presbytère où les arbres étaient, et elle les vendit au
plus offrant. Ils sont à bas! Oh! si j'étais prince! je
ferais à la femme du pasteur, au maire et à la chambre
des domaines... Prince!... Ah! oui! si j'étais prince, que
me feraient les arbres de mon pays?

10 octobre.

Quand je vois seulement ses yeux noirs, je suis
content! Ce qui me chagrine, c'est qu'Albert ne paraît
pas aussi heureux qu'il... l'espérait... que moi je
croyais l'être si... Je n'aime guère les points de sus-

pension ; mais ici je ne puis m'exprimer autrement...
et il me semble que c'est assez clair.

12 octobre.

Ossian [1] a supplanté Homère dans mon cœur. Quel
monde que celui où me mène ce génie sublime ! Errer
sur les bruyères tourmentées par l'ouragan qui trans-
porte les vapeurs du brouillard, les esprits des aïeux, à
la pâle clarté de la lune ; entendre venant de la montagne dans le rugissement du torrent de la forêt, les
gémissements des génies des cavernes, à moitié étouf-
fés, et les soupirs de la jeune fille se lamentant dans
une douleur mortelle, près des quatre pierres couvertes de mousse et enfouies sous l'herbe, qui couvrent
le héros noblement mort qui fut son bien-aimé ; et
quand alors je rencontre le barde, errant, aux cheveux
gris, qui sur les vastes bruyères cherche les traces de
ses pères, et ne trouve, hélas ! que les pierres de leurs
tombeaux, qui alors gémit et tourne ses yeux vers la
chère étoile du soir se cachant dans la mer houleuse, et
que le passé revit dans l'âme du héros, comme lorsque
cette étoile signalait encore aux braves, de son rayon
propice, les périls, et que la lune prêtait sa lumière
à leur vaisseau couronné revenant victorieux ; que je
lis sur son front sa profonde douleur, et que je le vois,
lui le dernier, lui resté seul sur la terre, chanceler
accablé de lassitude vers la tombe, et comme il puise
toujours à nouveau de douloureuses et ardentes joies
dans la présence des ombres impuissantes de ses
pères, et regarde la terre froide et l'herbe haute que le
vent remue, et s'écrie : « Le voyageur viendra ; il viendra celui qui me connut dans ma beauté, et il dira :
« Où est le barde ? Qu'est devenu le vaillant fils de
» Fingal ? Son pied foule ma tombe, et c'est en vain
» qu'il me demande sur la terre... » alors, ô mon ami !
tel un noble écuyer, je voudrais tirer l'épée, délivrer

tout d'un coup mon prince du tourment lancinant
d'une vie qui lentement s'éteint, et envoyer mon âme
après ce demi-dieu enfin délivré.

19 octobre.

Hélas! ce vide, ce vide affreux que je sens dans mon
sein!... je pense souvent : « Si tu pouvais une seule fois,
une seule fois, la presser contre ce cœur, tout ce vide
serait rempli. »

26 octobre.

Oui, mon cher, je me confirme de plus en plus dans
l'idée que c'est peu de chose, bien peu de chose, que
l'existence d'une créature. Une amie de Charlotte est
venue la voir ; je suis entré dans la chambre voisine ;
j'ai voulu prendre un livre, et, ne pouvant pas lire, je
me suis mis à écrire. J'ai entendu qu'elles parlaient
bas : elles se contaient l'une à l'autre des choses assez
indifférentes, des nouvelles de la ville ; comme celle-ci
était mariée, celle-là malade, fort malade. « Elle a une
toux sèche, disait l'une, les joues creuses, et il lui prend
des faiblesses : je ne donnerais pas un sou de sa vie. —
M. N... n'est pas en meilleur état, disait Charlotte.
— Il est déjà enflé », reprenait l'autre. Et mon imagination vive me plaçait tout d'abord au pied du lit de ces
malheureux ; je voyais avec quelle répugnance ils
tournaient le dos à la vie, comme ils... Wilhelm, mes
petites femmes en parlaient comme on parle d'ordinaire
de la mort d'un étranger... Et quand je regarde autour
de moi, que j'examine cette chambre, et que je vois les
robes de Charlotte, les papiers d'Albert, ces meubles et
même cet encrier avec lesquels je suis à présent si fami-
liarisé, je me dis en moi-même : « Vois ce que tu es à
cette maison! Tout bien considéré : tes amis ont de
l'estime pour toi, tu fais souvent leur joie, et il semble
à ton cœur qu'il ne pourrait exister sans eux. Cepen-

dant... si tu partais, si tu t'éloignais de ce cercle, senti-
raient-ils le vide que ta perte causerait dans leur
destinée ? et combien de temps ? oui, combien de
temps ?... » Ah! l'homme est si passager, que là même
où il a proprement la certitude de son existence, là où
il peut laisser la seule vraie impression de sa présence,
dans la mémoire, dans l'âme de ses amis, il doit s'effacer et disparaître, et cela si tôt !

27 octobre.

Je me déchirerais le sein, je me briserais le crâne,
quand je vois combien peu nous pouvons les uns pour
les autres. Hélas! l'amour, la joie, la chaleur, les délices que je ne porte pas au-dedans de moi, un autre ne
me les donnera pas ; et, le cœur tout plein de délices,
je ne rendrai pas heureux cet autre, quand il est là
froid et sans force devant moi.

27 octobre, le soir.

J'ai tant ! et le sentiment pour elle dévore tout ; j'ai
tant ! et sans elle tout pour moi se réduit à rien.

30 octobre.

Si je n'ai pas été cent fois sur le point de lui sauter
au cou!... Dieu sait ce qu'il en coûte de voir tant de
charmes passer et repasser devant vous, sans que vous
osiez y porter la main! Et cependant le penchant naturel de l'humanité nous porte à prendre. Les enfants ne
tâchent-ils pas de saisir tout ce qu'ils aperçoivent ? Et
moi ?

3 novembre.

Dieu sait combien de fois je me mets au lit avec le
désir et quelquefois avec l'espérance de ne pas me
réveiller ; et le matin j'ouvre les yeux, je revois le
soleil, et je suis malheureux. Oh! que ne puis-je être

un maniaque! Que ne puis-je m'en prendre au temps,
à un tiers, à une entreprise manquée! Alors l'insupportable fardeau de ma peine ne porterait qu'à demi sur
moi. Malheureux que je suis! je ne sens que trop que
toute la faute est à moi seul. La faute! non. Je porte
aujourd'hui cachée dans mon sein la source de toutes
les misères, comme j'y portais autrefois la source de
toutes les béatitudes. Ne suis-je pas le même homme
qui nageait autrefois dans une intarissable sensibilité,
qui voyait naître un paradis à chaque pas, et qui
avait un cœur capable d'embrasser dans son amour
un monde entier? Mais maintenant ce cœur est mort,
il n'en naît plus aucun ravissement; mes yeux sont
secs; et mes sens angoissés, que ne soulagent plus des
larmes rafraîchissantes, sillonnent mon front de rides.
Combien je souffre! car j'ai perdu ce qui faisait toutes
les délices de ma vie, cette force divine avec laquelle
je créais des mondes autour de moi. Elle est passée!...
Lorsque de ma fenêtre je regarde vers la colline lointaine, c'est en vain que je vois au-dessus d'elle le soleil
du matin pénétrer les brouillards et luire sur le fond
paisible de la prairie, tandis que la douce rivière
s'avance vers moi, en serpentant, entre ses saules
dépouillés de feuilles : toute cette magnifique nature
est pour moi froide, inanimée, comme une miniature
passée au vernis ; et de tout ce spectacle délicieux je
ne peux faire passer de mon cœur dans mon cerveau la
moindre goutte d'un sentiment bienheureux. L'homme
tout entier est là debout, devant la face de Dieu,
comme un puits tari, comme un seau qui a une fuite.
Je me suis souvent jeté à terre pour demander à Dieu
des larmes, comme un laboureur prie pour de la pluie,
lorsqu'il voit sur sa tête un ciel d'airain et la terre
mourir de soif autour de lui!

Mais, hélas! je le sens, Dieu n'accorde point la pluie
et le soleil à nos prières importunes ; et ces temps dont

le souvenir me tourmente, pourquoi étaient-ils si heureux, sinon parce que j'attendais son esprit avec patience et que je recevais avec un cœur reconnaissant les délices qu'il versait sur moi ?

8 novembre.

Elle m'a reproché mes excès, oh! d'un ton si aimable! mes excès de ce que, d'un verre de vin, je me laisse quelquefois entraîner à boire la bouteille. « Évitez cela, me disait-elle ; pensez à Charlotte! — Penser! avez-vous besoin de me l'ordonner? Que je pense, que je ne pense pas, vous êtes toujours présente à mon âme. J'étais assis aujourd'hui à l'endroit même où vous descendîtes dernièrement de voiture... » Elle s'est mise à parler d'autre chose, pour m'empêcher de m'enfoncer trop avant dans cette matière. Je ne suis plus mon maître, cher ami! Elle fait de moi tout ce qu'elle veut.

15 novembre.

Je te remercie, Wilhelm, du tendre intérêt que tu prends à moi, de la bonne intention qui perce dans ton conseil ; mais je te prie d'être tranquille. Laisse-moi souffrir jusqu'au bout ; malgré l'abattement où je suis, j'ai encore assez de force pour aller jusqu'au bout. Je respecte la religion, tu le sais ; je sens que c'est un bâton pour celui qui tombe de lassitude, un rafraîchissement pour celui que la soif consume. Seulement... peut-elle, doit-elle être cela pour tous ? Considère ce vaste univers : tu vois des milliers d'hommes pour qui elle ne l'a pas été ; d'autres pour qui elle ne le sera jamais, soit qu'elle leur ait été annoncée ou non. Faut-il donc qu'elle le soit pour moi ? Le fils de Dieu ne dit-il pas lui-même [1] : « Ceux que mon père m'a donnés seront avec moi. » Si donc je ne lui ai pas été donné, si le père veut me réserver pour lui, comme mon cœur me le dit... De grâce, ne va pas donner à cela une fausse interprétation, et voir une raillerie dans ces mots innocents : c'est mon âme tout entière que j'expose devant toi. Autrement j'eusse mieux aimé me taire : car je hais de perdre mes paroles sur des matières que les autres entendent tout aussi peu que moi. Qu'est-ce que la destinée de l'homme, sinon de fournir la carrière de ses maux, et de boire sa coupe tout entière ? Et si cette coupe parut au Dieu du ciel trop amère lorsqu'il la porta sur ses lèvres d'homme, irai-je faire le fort et feindre de la trouver douce et agréable ? Et pourquoi aurais-je honte de l'avouer dans ce terrible moment où tout mon être frémit entre l'existence et le néant, où le passé luit comme un éclair sur le sombre abîme de l'avenir, où tout ce qui m'environne s'écroule, où le monde périt avec moi ? N'est-ce pas la voix de la créature refoulée en elle-même, défaillante, s'abîmant sans ressource au milieu des vains efforts qu'elle fait pour se relever, que de s'écrier : « Mon Dieu! mon Dieu! pourquoi m'avez-vous abandonné [1] ? » Pourrais-je rougir de cette expression ? Pourrais-je redouter l'instant, alors que celui qui replie les cieux comme une voile n'y a pas échappé ?

21 novembre.

Elle ne voit pas, elle ne sent pas qu'elle prépare le poison qui nous fera périr tous les deux ; et moi j'avale avec délices la coupe où elle me présente la mort! Que veut dire cet air de bonté avec lequel elle me regarde souvent (souvent, non, mais quelquefois) ? cette complaisance avec laquelle elle reçoit une expression produite par un sentiment dont je ne suis pas le maître ? cette compassion pour mes souffrances, qui se peint sur son front ?

Comme je me retirais hier, elle me tendit la main, et me dit : « Adieu, cher Werther! » Cher Werther! C'est

la première fois qu'elle m'ait donné le nom de *cher*, et
la joie que j'en ressentis a pénétré jusqu'à la moelle de
mes os. Je me le répétai cent fois ; et le soir, lorsque je
voulus me mettre au lit, en babillant avec moi-même
de toutes sortes de choses, je me dis tout à coup :
« Bonne nuit, cher Werther ! » et je ne pus m'empêcher
de rire de moi-même.

22 novembre.

Je ne puis pas prier Dieu en disant : « Laisse-la-
moi ! » et cependant elle me paraît souvent être à moi.
Je ne puis pas lui demander : « Donne-la-moi ! » car elle
est à un autre. Je joue et plaisante avec mes peines.
Si je me laissais aller, je ferais toute une litanie
d'antithèses.

24 novembre.

Elle sent ce que je souffre. Aujourd'hui son regard
m'a pénétré jusqu'au fond du cœur. Je l'ai trouvée
seule. Je ne disais rien, et elle me regardait. Je ne
voyais plus cette beauté séduisante, ces éclairs d'esprit qui entourent son front, tout cela m'échappait :
un regard plus admirable agissait sur moi ; un regard
plein du plus tendre intérêt, de la plus douce pitié.
Pourquoi n'ai-je pas osé me jeter à ses pieds ? Pourquoi
n'ai-je pas osé m'élancer à son cou, et lui répondre par
mille baisers ? Elle a eu recours à son clavecin, et pour
accompagner son jeu, elle chantait de sa voix douce
des sons harmonieux à peine perceptibles. Jamais ses
lèvres ne m'ont paru si charmantes : c'était comme si
elles s'ouvraient, languissantes, pour absorber en elles
ces doux sons qui jaillissaient de l'instrument, et que
seul le secret écho de sa bouche si pure résonnât. Ah !
si seulement je savais te le dire ! Je n'ai pu y tenir plus
longtemps. J'ai baissé la tête, et j'ai dit avec serment :
« Jamais je ne me hasarderai à vous imprimer un baiser,

ô lèvres sur lesquelles voltigent les esprits du ciel!... »
Et cependant... je veux... Ah! vois-tu, c'est comme un
mur de séparation qui s'est élevé devant mon âme...
Cette félicité..., et puis périr pour expier ce péché...
Péché?

26 novembre.

Quelquefois je me dis : « Ta destinée est unique : tu
peux estimer tous les autres heureux ; jamais mortel ne
fut tourmenté comme toi. » Et puis je lis quelque ancien
poète ; et c'est comme si je lisais dans mon propre
cœur. J'ai tant à souffrir! Quoi! il y a donc eu déjà
avant moi des hommes aussi malheureux?

30 novembre.

Non, jamais je ne pourrai revenir à moi! Partout
où je vais, je rencontre quelque apparition qui me met
hors de moi-même. Aujourd'hui, ô destin, ô humanité!
Je vais sur les bords de l'eau à l'heure du dîner ; je
n'avais aucune envie de manger. Tout était désert ;
un vent d'ouest froid et humide soufflait de la montagne, et des nuages grisâtres couvraient la vallée. J'ai
aperçu de loin un homme vêtu d'un mauvais habit
vert, qui marchait courbé entre les rochers, et paraissait chercher des simples. Je me suis approché de lui,
et le bruit que j'ai fait en arrivant l'ayant fait se
retourner, j'ai vu une physionomie tout à fait intéres-
sante, couverte d'une tristesse profonde, mais qui
n'annonçait rien d'ailleurs qu'une âme honnête. Ses
cheveux étaient relevés en deux rouleaux avec des
épingles, et ceux de derrière formaient une tresse fort
épaisse qui lui descendait sur le dos. Comme son habil-
lement indiquait un homme du commun, j'ai cru qu'il
ne prendrait pas mal que je fisse attention à ce qu'il
faisait ; et, en conséquence, je lui ai demandé ce qu'il
cherchait. « Je cherche des fleurs, a-t-il répondu avec

un profond soupir, et je n'en trouve point. — Aussi n'est-ce pas la saison, lui ai-je dit en riant. — Il y a tant de fleurs ! a-t-il reparti en descendant vers moi. Il y a dans mon jardin des roses et deux espèces de chèvre-feuille, dont l'une m'a été donnée par mon père. Elles poussent ordinairement aussi vite que la mauvaise herbe, et voilà déjà deux jours que j'en cherche sans en pouvoir trouver. Et même ici, dehors, il y a toujours des fleurs, des jaunes, des bleues, des rouges ; et la centaurée aussi est une jolie petite fleur : je n'en puis trouver aucune. » Quelque chose me troublait ; et, prenant un détour, je lui ai demandé ce qu'il voulait faire de ces fleurs. Un sourire singulier et convulsif a contracté les traits de sa figure. « Si vous voulez ne point me trahir, a-t-il dit en appuyant un doigt sur sa bouche, je vous dirai que j'ai promis un bouquet à ma belle. — C'est fort bien. — Ah ! elle a bien d'autres choses ! Elle est riche ! — Et pourtant elle fait grand cas de votre bouquet ? — Oh ! elle a des joyaux et une couronne ! — Comment l'appelez-vous donc ? — Si les États-Généraux voulaient me payer, je serais un autre homme ! Oui, il fut un temps où j'étais si content ! Aujourd'hui c'en est fait pour moi, je suis... » Un regard humide qu'il a lancé vers le ciel a tout exprimé. « Vous étiez donc heureux ? — Ah ! je voudrais bien l'être encore de même ! J'étais content, gai et gaillard comme le poisson dans l'eau. — Henri ! a crié une vieille femme qui venait sur le chemin, Henri ! où es-tu fourré ? Nous t'avons cherché partout. Viens dîner. — Est-ce là votre fils ? lui ai-je demandé en m'approchant d'elle. — Oui, c'est mon pauvre fils ! a-t-elle répondu. Dieu m'a donné une croix lourde. — Combien y a-t-il qu'il est dans cet état ? — Il n'y a que six mois qu'il est ainsi tranquille. Je rends grâce à Dieu que cela n'ait pas été plus loin. Auparavant il a été dans une frénésie qui a duré une année entière ; et pour lors il était à la chaîne dans l'hôpital des fous. A présent il ne fait rien à personne ; seulement il est toujours occupé de rois et d'empereurs. C'était un homme doux et tranquille, qui m'aidait à vivre, et qui avait une fort belle écriture. Tout d'un coup il devint rêveur, tomba malade d'une fièvre chaude, de là dans le délire, et maintenant il est dans l'état où vous le voyez. S'il fallait vous raconter, monsieur... » J'interrompis ce flux de paroles en lui demandant quel était ce temps dont il faisait si grand récit, et où il se trouvait si heureux et si content. « Le pauvre insensé, m'a-t-elle dit avec un sourire de pitié, veut parler du temps où il était hors de lui : il ne cesse d'en faire l'éloge. C'est le temps qu'il a passé à l'hôpital, et où il n'avait aucune connaissance de lui-même. » Cela a fait sur moi l'effet d'un coup de tonnerre. Je lui ai mis une pièce d'argent dans la main, et je me suis éloigné d'elle à grands pas.

« Où tu étais heureux ! me suis-je écrié en marchant précipitamment vers la ville, où tu étais content comme un poisson dans l'eau ! Dieu du ciel ! as-tu donc ordonné la destinée des hommes de telle sorte qu'ils ne soient heureux qu'avant d'arriver à l'âge de la raison, ou après qu'ils l'ont perdue ! Pauvre misérable ! Et pourtant je porte envie à ta folie, à ce trouble de tes sens, dans lequel tu te consumes. Tu sors plein d'espérance, pour cueillir des fleurs à ta reine... au milieu de l'hiver... et tu t'affliges de n'en point trouver, et tu ne conçois pas pourquoi tu n'en trouves point. Et moi... et moi, je sors sans espérance, sans aucun but, et je rentre au logis comme j'en suis sorti... Tu te figures quel homme tu serais si les États-Généraux [1] voulaient te payer ; heureuse créature, qui peux attribuer la privation de ton bonheur à un obstacle terrestre ! Tu ne sens pas, tu ne sens pas que c'est dans le trouble de ton cœur, dans ton cerveau détraqué, que gît ta misère, dont tous les rois de la terre ne sauraient te délivrer ! »

Puisse-t-il mourir dans le désespoir celui qui se rit
du malade qui s'en va vers la source la plus lointaine
où s'aggravera sa maladie et où la fin de sa vie sera
plus douloureuse! celui qui insulte à ce cœur oppressé
qui, pour se délivrer de ses remords, pour calmer son
trouble et ses souffrances, fait un pèlerinage au saint
sépulcre : chaque pas qu'il fait, par des routes non
frayées, et qui déchire ses pieds, est une goutte de
baume pour son âme angoissée ; et après chaque jour
de marche qu'il endure, le cœur se repose soulagé
d'une partie du fardeau qui l'accable... Et vous osez
appeler cela rêveries, vous autres trafiquants en paroles
mollement assis sur des coussins! Rêveries!... Ô Dieu,
tu vois mes larmes... Fallait-il, après avoir formé
l'homme si pauvre, lui donner des frères qui le pillent
encore dans sa pauvreté, et lui dérobent ce peu de
confiance qu'il a en toi, en toi qui es tout amour : car
la confiance en une racine salutaire, dans les pleurs de
la vigne, qu'est-ce, sinon la confiance en toi, qui as mis
dans tout ce qui nous environne la guérison et les oula-
gement dont nous avons besoin à toute heure ? Ô père
que je ne connais pas, père qui remplissais autrefois
toute mon âme, et qui as depuis détourné ta face de
dessus moi, appelle-moi vers toi! ne te tais pas plus
longtemps ; ton silence n'arrêtera pas mon âme altérée...
Et un homme, un père pourrait-il s'irriter de voir son
fils, qu'il n'attendait pas, lui sauter au cou, en s'écriant :
« Me voici revenu, mon père ; ne vous fâchez point si
j'interromps un voyage que je devais supporter plus
long pour vous obéir. Le monde est le même partout ;
partout peine et travail, récompense et plaisir : mais
que me fait tout cela ? Je ne suis bien qu'où vous êtes ;
je veux souffrir et jouir en votre présence... » Et toi,
père céleste et miséricordieux, pourrais-tu repousser
ton fils ?

1er décembre.

Wilhelm! cet homme dont je t'ai parlé, cet heureux infortuné, était commis chez le père de Charlotte, et une malheureuse passion qu'il conçut pour elle, qu'il nourrit en secret, qu'il lui découvrit enfin, et qui le fit renvoyer de sa place, l'a rendu fou. Sens, si tu peux, sens, par ces mots pleins de sécheresse, combien cette histoire m'a bouleversé, lorsque Albert me l'a contée aussi froidement que tu la liras peut-être!

4 décembre.

Je te supplie... Vois-tu, c'en est fait de moi... Je ne saurais supporter tout cela plus longtemps. Aujourd'hui j'étais assis près d'elle... J'étais assis ; elle jouait différents airs sur son clavecin, avec tout ce qu'elle pouvait y mettre d'expression! tout, tout!... Que te dirai-je? Sa petite sœur habillait sa poupée sur mon genou. Les larmes me sont venues aux yeux. Je me suis baissé, et j'ai aperçu son anneau de mariage. Mes pleurs ont coulé... Et tout à coup elle a passé à cet air ancien, dont la douceur a quelque chose de céleste ; et aussitôt j'ai senti entrer dans mon âme un sentiment de consolation, et revivre le souvenir du passé, du temps où j'entendais cet air, des tristes jours d'intervalle, du retour, des chagrins, des espérances trompées, et puis... J'allais et venais par la chambre ; mon cœur suffoquait. « Au nom de Dieu! lui ai-je dit avec l'expression la plus vive, au nom de Dieu, finissez! » Elle a cessé, et m'a regardé stupéfaite. « Werther, m'a-t-elle dit avec un sourire qui m'a percé l'âme, Werther, vous êtes bien malade ; vos mets favoris vous répugnent. Allez! de grâce, calmez-vous. » Je me suis arraché d'auprès d'elle, et... Dieu! tu vois mes souffrances, tu y mettras fin.

6 décembre.

Comme cette image me poursuit! Que je veille ou que je rêve, elle remplit seule mon âme. Ici, quand je ferme à demi les paupières, ici, dans mon front, à l'endroit où se concentre la vision intérieure demeurent ses yeux noirs. Ici! Non, je ne saurais t'exprimer cela. Si je ferme les yeux, ils sont encore là ; ils sont là comme une mer, comme un abîme ; ils reposent devant moi, en moi ; ils remplissent les sens de mon front.

Qu'est-ce que l'homme, ce demi-dieu si vanté ? Les forces ne lui manquent-elles pas précisément à l'heure où elles lui seraient le plus nécessaires ? Et lorsqu'il prend l'essor dans la joie, ou qu'il s'enfonce dans la tristesse, n'est-il pas alors même retenu, et toujours ramené à la morne et froide conscience de sa petitesse, alors qu'il espérait se perdre dans l'infini ?

L'ÉDITEUR AU LECTEUR

Combien je désirerais qu'il nous restât sur les derniers jours si singuliers de notre malheureux ami assez de renseignements écrits de sa propre main pour que je ne fusse pas obligé d'interrompre par des récits la suite des lettres qu'il nous a laissées!

Je me suis attaché à recueillir les détails les plus exacts de la bouche de ceux qui pouvaient être le mieux informés de son histoire. Elle est simple : toutes les relations s'accordent entre elles, à certains détails près. Je n'ai trouvé les opinions partagées que sur la manière de juger les caractères et les sentiments des personnes qui ont joué ici quelque rôle.

Il ne nous reste donc qu'à raconter fidèlement tout ce que ces recherches multipliées nous ont appris, en faisant entrer dans ce récit les lettres qui nous sont restées de celui qui n'est plus, sans dédaigner le plus petit papier conservé. Il est si difficile de connaître la vraie cause, les véritables ressorts de l'action même la plus simple, lorsqu'elle provient de personnes qui sortent de la ligne commune!

Le découragement et le chagrin avaient jeté des racines de plus en plus profondes dans l'âme de Werther, s'y étaient de plus en plus fixés et entremêlés, et peu à peu s'étaient emparés de tout son être. L'harmonie de son esprit était entièrement détruite ; un feu interne et violent, qui minait toutes ses facultés les unes par les autres, produisit les plus funestes effets, et finit par ne lui laisser qu'un accablement dont il cherchait à se délivrer avec plus d'angoisse encore qu'il n'avait lutté jusqu'ici contre tous les maux. Les angoisses de son cœur consumèrent les dernières forces de son esprit, sa vivacité, sa sagacité. Il ne portait plus qu'une morne tristesse dans la société ; de jour en jour plus malheureux, et toujours plus injuste à mesure qu'il devenait plus malheureux. Au moins, c'est ce que disent les amis d'Albert. Ils soutiennent que Werther n'avait pas su apprécier un homme droit et paisible qui, jouissant d'un bonheur longtemps désiré, n'avait d'autre but que de s'assurer ce bonheur pour l'avenir. Comment aurait-il pu comprendre cela, lui qui chaque jour dissipait tout et ne gardait pour le soir que souffrance et privation! Albert, disent-ils, n'avait point changé en si peu de temps ; il était toujours le même homme que Werther avait tant loué, tant estimé au commencement de leur connaissance. Il chérissait Charlotte par-dessus tout ; il était fier d'elle ; il désirait que chacun la reconnût pour l'être le plus parfait. Pouvait-on le blâmer de chercher à détourner jusqu'à l'apparence du soupçon ? Pouvait-on le blâmer s'il se refusait à partager avec qui que ce fût un bien si précieux, même de la manière la plus innocente ? Ils avouent que lorsque Werther venait chez sa femme, Albert quittait souvent la chambre ; mais ce n'était ni haine ni aversion pour son ami : c'était seulement parce qu'il avait senti que Werther était gêné en sa présence.

Le père de Charlotte fut attaqué d'un mal qui le retint dans sa chambre. Il envoya sa voiture à sa fille ; elle se rendit auprès de lui. C'était par un beau jour d'hiver ; la première neige avait tombé en abondance, et la terre en était couverte.

Werther alla rejoindre Charlotte le lendemain matin, pour la ramener chez elle si Albert ne venait pas la chercher.

Le temps clair fit peu d'effet sur son humeur sombre ; un poids accablait son âme ; de lugubres images le poursuivaient, et son cœur ne connaissait plus d'autre mouvement que de passer d'une idée pénible à une autre.

Comme il vivait toujours mécontent de lui-même, l'état de ses amis lui semblait aussi plus confus et plus critique : il crut avoir troublé la bonne intelligence entre Albert et sa femme ; il s'en fit des reproches auxquels se mêlait un ressentiment secret contre l'époux.

En chemin, ses pensées tombèrent sur ce sujet. « Oui, se disait-il, en grinçant des dents, voilà donc cette union intime, affectueuse, tendre et qui embrasse tout, cette foi si constante, si inébranlable! Satiété et indifférence, voilà ce que c'est! La plus misérable affaire ne l'occupe-t-elle pas plus que cette chère, cette exquise femme? Sait-il apprécier son bonheur? Sait-il estimer au juste ce qu'elle vaut? Elle lui appartient... Fort bien! elle lui appartient... Je sais cela comme je sais autre chose ; je croyais être fait à cette idée, et elle finira par me rendre fou, elle finira par me tuer!... Et son amitié pour moi a-t-elle tenu? Ne voit-il pas déjà une atteinte à ses droits dans mon attachement pour Charlotte, et dans mes attentions un secret reproche? Je m'en aperçois, je le sens, il me voit avec peine, il souhaite que je m'éloigne, ma présence lui pèse. »

Quelquefois il ralentissait sa marche précipitée ; quelquefois il s'arrêtait, et semblait vouloir retourner sur ses pas. Il continua cependant son chemin, toujours livré à ces idées, à ces conversations solitaires ; et il arriva enfin, presque malgré lui, à la maison de chasse.

Il entra, et s'enquit du vieillard et de Charlotte. Il

trouva tout le monde dans l'agitation. L'aîné des fils
lui dit qu'il venait d'arriver un malheur à Wahlheim ;
qu'un paysan venait d'être assassiné. Cela ne fit pas
sur lui grande impression. Il se rendit dans la chambre,
et trouva Charlotte occupée à dissuader le vieillard,
qui, sans être retenu par sa maladie, voulait aller sur
les lieux faire une enquête sur le crime. Le meurtrier
était encore inconnu. On avait trouvé le cadavre, le
matin, devant la porte de la maison. On avait des
soupçons ; le mort était domestique chez une veuve qui,
peu de temps auparavant, en avait eu un autre à son
service, et celui-ci était sorti de la maison en mauvais
termes.

A ces détails, il se leva précipitamment. « Est-il
possible! s'écria-t-il : il faut que j'y aille, je ne puis
différer d'un moment. » Il courut à Wahlheim. Bien des
souvenirs se retraçaient vivement à son esprit : il ne
douta pas une minute que celui qui avait commis le
crime ne fût précisément cet homme auquel il avait
parlé bien des fois, et qui lui était devenu si cher.

En passant sous les tilleuls pour se rendre au cabaret
où l'on avait déposé le cadavre, Werther se sentit
troublé à la vue de ce lieu jadis si chéri. Ce seuil, où les
enfants avaient si souvent joué, était souillé de sang.
L'amour et la fidélité, les plus beaux sentiments de
l'homme, avaient dégénéré en violence et en meurtre.
Les grands arbres étaient sans feuillage et couverts
de frimas ; les belles haies qui recouvraient le petit
mur du cimetière et se voûtaient au-dessus avaient
perdu leur feuillage, et les pierres des tombeaux se
laissaient voir, couvertes de neige, à travers les vides.

Comme il approchait du cabaret, devant lequel le
village entier était rassemblé, il s'éleva tout à coup
une grande rumeur. On vit de loin une troupe d'hommes armés, et chacun s'écria que l'on amenait le meurtrier. Werther jeta les yeux sur lui, et il n'eut plus

aucune incertitude. Oui! c'était bien ce valet de ferme qui aimait tant cette veuve, et que peu de jours auparavant il avait rencontré livré à une sombre tristesse, à un secret désespoir.

« Qu'as-tu fait, malheureux? » s'écria Werther en s'avançant vers le prisonnier. Celui-ci le regarda tranquillement, se tut, et répondit enfin froidement : « Personne ne l'aura, elle n'aura personne. » On le conduisit au cabaret, et Werther s'éloigna précipitamment.

Tout son être était bouleversé par l'émotion terrible et violente qu'il venait d'éprouver. Pour un instant il fut arraché à sa mélancolie, à son découragement, à son apathie. L'intérêt le plus irrésistible pour ce jeune homme, le désir le plus vif de le sauver, s'emparèrent de lui. Il le sentait si malheureux, il le trouvait même si peu coupable, malgré son crime ; il entrait si profondément dans sa situation, qu'il croyait que certainement il amènerait tous les autres à cette opinion. Déjà il brûlait de parler en sa faveur ; déjà le discours le plus animé se pressait sur ses lèvres ; il courait en hâte à la maison de chasse, et répétait à demi-voix, en chemin, tout ce qu'il représenterait au bailli.

Lorsqu'il entra dans la salle, il aperçut Albert, dont la présence le déconcerta d'abord ; mais il se remit bientôt, et avec beaucoup de feu il exposa son opinion au bailli. Celui-ci secoua la tête à plusieurs reprises ; et quoique Werther mît dans son discours toute la chaleur de la conviction, et toute la vivacité, toute l'énergie qu'un homme peut apporter à la défense d'un de ses semblables, cependant, comme on le croira sans peine, le bailli n'en fut point ébranlé. Il ne laissa même pas finir notre ami ; il le réfuta vivement, et le blâma de prendre un meurtrier sous sa protection ; il lui fit sentir que de cette manière les lois seraient toujours éludées, et que la sûreté serait anéantie ; il ajouta que d'ailleurs, dans une affaire aussi grave, il ne pouvait rien faire sans se charger de la plus grande responsabilité, et qu'il fallait que tout se fît avec les formalités légales.

Werther ne se rendit pas encore, mais il se borna alors à demander que le bailli fermât les yeux, si l'on pouvait faciliter l'évasion du jeune homme. Le bailli lui refusa aussi cela. Albert, qui prit enfin part à la conversation, exprima la même opinion que son beau-père. Werther fut réduit au silence ; il s'en alla navré de douleur, après que le bailli lui eut encore répété plusieurs fois : « Non, rien ne peut le sauver ! »

Nous voyons combien il fut frappé de ces paroles, dans un petit billet que l'on trouva parmi ses papiers, et qui fut certainement écrit ce jour-là :

« On ne peut te sauver, malheureux ! Je le vois bien, on ne peut nous sauver. »

Ce qu'avait dit Albert en présence du bailli sur l'affaire du prisonnier avait singulièrement mortifié Werther. Il avait cru y remarquer quelque animosité contre lui-même ; et quoique, après y avoir plus mûrement réfléchi, il comprît bien que ces deux hommes pouvaient avoir raison, il lui semblait cependant qu'il devrait renoncer à ce qu'il y avait en lui de plus profond, s'il devait l'avouer, s'il devait en convenir.

Nous trouvons dans ses papiers une petite note qui a trait à cet événement, et qui exprime peut-être ses vrais sentiments pour Albert :

« A quoi sert de me dire et de me répéter : « Il est » honnête et bon ! » Mais cela me déchire les entrailles ; je ne puis être juste ! »

La soirée étant douce et le temps disposé au dégel, Charlotte et Albert s'en retournèrent à pied. En chemin, Charlotte regardait çà et là, comme si la société de Werther lui eût manqué. Albert se mit à parler de

lui. Il le blâma, tout en lui rendant justice. Il en vint
à sa malheureuse passion, et souhaita qu'il fût possible
de l'éloigner. « Je le souhaite aussi pour nous, dit-il ;
et, je t'en prie, tâche de donner une autre direction
à ses relations avec toi, et de rendre plus rares ses
visites si multipliées. Le monde y fait attention, et je
sais qu'on en a déjà parlé çà et là. » Charlotte ne dit
rien. Albert parut avoir senti ce silence : au moins
depuis ce temps il ne parla plus de Werther devant
elle, et, si elle en parlait, il laissait tomber la conversation, ou la faisait changer de sujet.

La vaine tentative que Werther avait faite pour
sauver le malheureux paysan était comme le dernier
éclat de la flamme d'une lumière qui s'éteint : il n'en
retomba que plus fort dans la douleur et l'apathie. Il
fut presque hors de lui quand il apprit qu'on l'appel-
lerait peut-être en témoignage contre le coupable, qui
maintenant avait recours aux dénégations.

Tout ce qui lui était arrivé de désagréable dans sa
vie active, ses chagrins auprès de l'ambassadeur, tous
ses projets manqués, tout ce qui l'avait jamais blessé,
lui revenait et s'agitait dans son âme. Il se trouvait
par tout cela même comme autorisé à l'inactivité ; il
se voyait privé de toute perspective, et incapable,
pour ainsi dire, de prendre les affaires de la vie quoti-
dienne par aucun bout. C'est ainsi que, livré entièrement à ses étranges sentiments et façons de penser
ainsi qu'à une passion sans fin, plongé dans l'éternelle
uniformité de ses douloureuses relations avec l'être
aimable et adoré dont il troublait le repos, ravageant
ses forces et les usant sans but et sans espérance, il
s'approchait chaque jour d'une triste fin.

Quelques lettres qu'il a laissées, et que nous insérons
ici, sont les preuves les plus irrécusables de son trouble,
de son délire, de son agitation constante et de son
dégoût de la vie

12 décembre.

« Cher Wilhelm! je suis dans l'état où devaient être
ces malheureux qu'on croyait possédés d'un esprit
malin. Cela me prend parfois. Ce n'est pas angoisse,
ce n'est point désir : c'est une rage intérieure, incon-
nue, qui menace de déchirer mon sein, qui me serre
la gorge! Alors je souffre, je souffre, et je m'égare au
milieu des scènes nocturnes et terribles qu'offre cette
saison ennemie des hommes.

» Hier soir, il me fallut sortir. Le dégel était sur-
venu subitement. J'avais entendu dire que la rivière
était débordée, que tous les ruisseaux s'étaient gon-
flés, et qu'à partir de Wahlheim l'inondation couvrait
toute ma chère vallée. La nuit, après onze heures, j'y
courus. C'était un terrible spectacle!... Voir de la
cime d'un roc, à la clarté de la lune, les torrents rouler
sur les champs, les prés, les haies, inonder tout, le
vallon bouleversé, et à sa place une mer houleuse
livrée aux sifflements aigus du vent... Et lorsque la
lune reparaissait, et qu'elle demeurait au-dessus du
nuage noir et qu'un reflet superbe et terrible me montrait de nouveau les flots roulant et résonnant à mes
pieds, alors il me prenait un frissonnement, et puis
bientôt un désir... Ah! les bras étendus, j'étais là
devant l'abîme, et, haletant, je brûlais de m'y jeter, de
m'y jeter! Je me perdais dans l'idée délicieuse d'y
précipiter mes tourments, mes souffrances, de m'abî-
mer dans le mugissement des vagues. Oh!... et tu n'eus
pas la force de lever le pied et de finir tous tes maux!...
Mon sablier n'est pas encore à sa fin, je le sens! Ô
mon ami! combien volontiers j'aurais donné mon
existence d'homme, pour, avec l'ouragan, déchirer les
nuées, soulever les flots! Serait-il possible que ces
délices ne devinssent jamais le partage de celui qui
languit aujourd'hui dans sa prison?

» Et avec quelle mélancolie, j'abaissai mes regards

sur un endroit où je m'étais reposé avec Charlotte,
sous un saule, après nous être promenés à la chaleur.
Cette petite place était aussi inondée, et à peine je
reconnus le saule. « Et ses prairies, pensai-je, et les
» environs de sa maison de chasse! Comme le torrent
» doit avoir arraché, détruit notre berceau! » Et le
rayon doré du passé brilla dans mon âme... comme
à un prisonnier vient un rêve de troupeaux, de prairies,
d'honneurs. J'étais debout là... Je ne m'en veux pas,
car j'ai le courage de mourir... J'aurais dû... Et me
voilà, comme la vieille qui glane son bois aux haies
et mendie son pain aux portes, pour prolonger et allé-
ger d'un instant sa triste et défaillante existence. »

14 décembre.

« Qu'est-ce, mon ami? Je suis effrayé de moi-même.
L'amour que j'ai pour elle n'est-il pas l'amour le plus
saint, le plus pur, le plus fraternel? Ai-je jamais senti
dans mon âme un désir coupable?... Je ne veux point
jurer... Et maintenant des rêves! Oh! que ceux-là
avaient raison, qui attribuaient des effets aussi oppo-
sés à des forces inconnues! Cette nuit... je tremble
de te le dire... je la tenais dans mes bras étroitement
serrée contre mon sein, et je couvrais sa bouche, balbu-
tiante d'amour, d'un million de baisers. Mon œil
nageait dans l'ivresse du sien. Dieu! erait-ce un crime
que le bonheur que je goûte encore à me rappeler
intimement tous ces ardents plaisirs? Charlotte! Charlotte!... C'est fait de moi!... mes sens se troublent.
Depuis huit jours je ne pense plus. Mes yeux sont remplis de larmes. Je ne suis bien nulle part, et je suis
bien partout... je ne souhaite rien, ne désire rien. Il
vaudrait mieux pour moi que je partisse. »

La résolution de sortir du monde s'était accrue et
fortifiée dans l'âme de Werther, au milieu de ces cir-

constances. Depuis son retour auprès de Charlotte, il avait toujours considéré la mort comme sa dernière perspective, et son dernier espoir. Mais il s'était cependant promis de ne point s'y porter avec violence et précipitation, et de ne faire ce pas qu'avec la plus grande conviction et autant que possible avec une calme décision.

Son incertitude, ses combats avec lui-même, paraissent dans quelques lignes, qui sans doute commençaient une lettre à son ami ; le billet, qui ne porte pas de date, a été trouvé parmi ses papiers.

« Sa présence, sa destinée, l'intérêt qu'elle prend à mon sort, expriment encore les dernières larmes de mon cerveau calciné.

» Lever le rideau, et passer derrière... voilà tout ! Pourquoi frémir ? pourquoi hésiter ? Est-ce parce qu'on ignore ce qu'il y a derrière ?... parce qu'on n'en revient point ?... et que c'est le propre de notre esprit de supposer que tout est confusion et ténèbres là où nous ne savons pas d'une manière certaine ce qu'il y a ? »

Il s'habitua de plus en plus à ces funestes idées, et chaque jour elles lui devinrent plus familières. Son projet fut arrêté enfin irrévocablement ; on en trouve la preuve dans cette lettre à double entente, qu'il écrivit à son ami :

20 décembre.

« Cher Wilhelm, je rends grâce à ton amitié de m'avoir si bien pris au mot. Oui, tu as raison, il vaudrait mieux pour moi que je partisse. La proposition que tu me fais de retourner vers vous n'est pas tout à fait de mon goût : au moins je voudrais faire un détour, surtout au moment où nous pouvons espérer une gelée soutenue et de beaux chemins. Je suis aussi très con-

tent de ton dessein de venir me chercher ; accorde-moi
seulement quinze jours, et attends encore une lettre
de moi qui te donne des nouvelles ultérieures. Il ne
faut pas cueillir le fruit avant qu'il soit mûr, et quinze
jours de plus ou de moins font beaucoup. Tu diras à ma
mère qu'elle prie pour son fils, et que je lui demande
pardon de tous les chagrins que je lui ai causés. C'était
mon destin de faire le tourment des personnes dont
j'aurais dû faire la joie. Adieu, mon cher ami. Que le
ciel répande sur toi toutes ses bénédictions! Adieu. »

Nous ne chercherons pas à rendre ce qui se passait à
cette époque dans l'âme de Charlotte, et ce qu'elle
éprouvait à l'égard de son mari et de son malheureux
ami, quoique en nous-même nous nous en fassions
bien une idée, d'après la connaissance de son caractère. Mais toute femme douée d'une belle âme s'iden-
tifiera avec elle et comprendra ce qu'elle souffrait.

Ce qu'il y a de certain, c'est qu'elle était très décidée
à tout faire pour éloigner Werther. Si elle temporisait,
son hésitation provenait de compassion et d'amitié ;
elle savait combien cet effort coûterait à Werther, elle
savait qu'il lui serait presque impossible. Cependant
elle se vit bientôt forcée de prendre une détermina-
tion : Albert continuait à garder sur ce sujet le même
silence qu'elle avait elle-même gardé ; et il lui impor-
tait d'autant plus de prouver par ses actions combien
ses sentiments étaient dignes de ceux de son mari.

Le jour que Werther écrivit à son ami la dernière
lettre que nous venons de rapporter était le dimanche
avant Noël ; il vint le soir chez Charlotte, et la trouva
seule. Elle s'occupait de préparer les joujoux qu'elle
destinait à ses frères et sœurs pour les étrennes. Il parla
de la joie qu'auraient les enfants, et de ce temps où
l'ouverture inattendue d'une porte et l'apparition
d'un arbre décoré de cierges, de sucreries et de pommes,

nous transportaient au paradis. « Vous aussi, dit Charlotte en cachant son embarras sous un aimable sourire, vous aussi, vous aurez vos étrennes, si vous êtes bien sage ; une petite bougie, et puis quelque chose encore. — Et qu'appelez-vous être bien sage ? s'écria-t-il ; comment dois-je être ? comment puis-je être, très chère Charlotte ? — Jeudi soir, reprit-elle, est la veille de Noël ; les enfants viendront alors, et mon père avec eux ; chacun aura ce qui lui est destiné. Venez aussi... mais pas avant... » Werther était interdit. « Je vous en prie, continua-t-elle, c'est ainsi. Rien à faire ; je vous en prie pour mon repos. Cela ne peut pas durer ainsi, non, cela ne se peut pas. » Il détourna les yeux de dessus elle, et se mit à marcher à grands pas dans la chambre, en répétant entre les dents : « Cela ne peut pas durer ! » Charlotte, qui s'aperçut de l'état violent où l'avaient mis ces paroles, chercha, par mille questions, à le distraire de ses pensées ; mais ce fut en vain. « Non, Charlotte, s'écria-t-il, non, je ne vous reverrai plus. — Pourquoi donc, Werther ? reprit-elle. Vous pouvez, vous devez nous revoir ; seulement, soyez plus maître de vous ! Oh ! pourquoi êtes-vous né avec cette fougue, avec cet emportement indomptable et passionné que vous mettez à tout ce que vous touchez ! Je vous en prie, ajouta-t-elle en lui prenant la main, soyez maître de vous ! Que de jouissances vous assurent votre esprit, vos talents, vos connaissances ! Soyez homme, rompez ce fatal attachement pour une créature qui ne peut rien que vous plaindre ! » Il grinça les dents, et la regarda d'un air sombre. Elle gardait sa main dans la sienne. « Un seul moment de calme, Werther ! lui dit-elle. Ne sentez-vous pas que vous vous abusez, que vous courez volontairement à votre perte ? Pourquoi faut-il que ce soit moi, Werther ! moi qui appartiens à un autre, précisément moi ? Je crains bien, oui, je crains que ce ne soit cette impossibilité même de m'obtenir

qui fasse le charme de vos désirs! » Il retira sa main des
siennes, et la regardant d'un œil fixe et mécontent :
« Quelle sagesse, s'écria-t-il, oh, quelle sagesse! Cette
remarque est peut-être d'Albert! Quelle diplomatie!
Ah! quelle diplomatie! — Chacun peut la faire, reprit-elle. N'y aurait-il donc dans le monde entier
aucune femme qui pût remplir les vœux de votre
cœur? Gagnez sur vous de la chercher, et je vous jure
que vous la trouverez. Depuis longtemps, pour vous
et pour nous, je m'afflige de l'isolement où vous vous
renfermez. Prenez-le sur vous! Un voyage vous ferait
du bien, sans aucun doute. Cherchez, sachez trouver
un objet digne de votre amour, et revenez alors :
nous jouirons tous ensemble de la félicité que donne
une amitié sincère.

— On pourrait imprimer cela, dit Werther avec un
sourire amer, et le recommander à tous les précepteurs.
Ah! Charlotte, laissez-moi encore quelque répit : tout
s'arrangera! — Eh bien, Werther, ne revenez pas
avant la veille de Noël! » Il voulait répondre ; Albert
entra. On se donna le bonsoir avec un froid de glace.
Ils se mirent à se promener l'un à côté de l'autre dans
l'appartement d'un air embarrassé. Werther commença
un discours insignifiant, et cessa bientôt de parler.
Albert fit de même ; puis il interrogea sa femme sur
quelques affaires dont il l'avait chargée. En apprenant
qu'elles n'étaient pas encore arrangées, il lui dit quelques mots que Werther trouva bien froids et même
durs. Il voulait s'en aller, et il ne le pouvait pas.
Il balança jusqu'à huit heures, et son humeur ne fit
que s'aigrir. Quand on vint mettre le couvert, il prit
sa canne et son chapeau. Albert le pria de rester;
mais il ne vit dans cette invitation qu'une politesse
insignifiante : il remercia très froidement et sortit.

Il retourna chez lui, prit la lumière des mains de son
domestique, qui voulait l'éclairer, et monta seul à sa

chambre. Il sanglotait, se parlait à lui-même à haute voix, et d'une manière très animée, parcourait la chambre à grands pas. Il finit par se jeter tout habillé sur son lit, où le trouva son domestique, qui prit sur lui d'entrer sur les onze heures pour lui demander s'il ne voulait pas qu'il lui tirât ses bottes. Il y consentit, et lui dit de ne point entrer le lendemain matin dans sa chambre sans avoir été appelé.

Le lundi matin, 21 décembre, il commença à écrire à Charlotte la lettre suivante, qui, après sa mort, fut trouvée cachetée sur son secrétaire, et qui fut remise à Charlotte. Je la détacherai ici par fragments, comme il paraît l'avoir écrite :

« C'est une chose résolue, Charlotte, je veux mourir, et je te l'écris sans aucune exaltation romanesque, de sang-froid, le matin du jour où je te verrai pour la dernière fois. Quand tu liras ceci, ma chère, le tombeau couvrira déjà la dépouille glacée du malheureux qui ne sut pas trouver de repos et qui ne connaît pas de plaisir plus doux, pour les derniers moments de sa vie, que de s'entretenir avec toi. J'ai eu une nuit terrible, mais quelle nuit bienfaisante! Elle a fixé, affermi ma résolution. Je veux mourir! Quand je m'arrachai hier d'auprès de toi, dans l'atroce révolte de tous mes sens, quel serrement de cœur! Comme ma vie, se consumant près de toi sans joie, sans espérance, me glaçait et me faisait horreur! Je pus à peine arriver jusqu'à ma chambre. Je me jetai à genoux, tout hors de moi ; et, ô Dieu! tu m'accordas une dernière fois le soulagement des larmes les plus amères. Mille projets, mille idées se combattirent dans mon âme ; et enfin il n'y resta plus qu'une seule idée, bien arrêtée, bien inébranlable : Je veux mourir! Je me couchai, et ce matin, dans tout le calme du réveil, je trouvai encore dans mon cœur cette résolution ferme et inébranlable : Je veux mou-

rir !... Ce n'est point désespoir, c'est la certitude que
j'ai fini ma carrière, et que je me sacrifie pour toi.
Oui, Charlotte, pourquoi te le cacher ? il faut que l'un
de nous trois disparaisse, et je veux que ce soit moi.
Ô ma chère ! une idée furieuse s'est insinuée dans ce
cœur déchiré, souvent... de tuer ton époux... toi...
moi !... Ainsi soit-il donc ! Lorsque sur le soir d'un
beau jour d'été tu graviras la montagne, pense à moi
alors, et souviens-toi combien de fois je montai la
vallée. Regarde ensuite vers le cimetière, vers ma tombe
où le vent berce l'herbe haute, aux rayons du soleil
couchant... J'étais calme en commençant, et maintenant, maintenant que tout cela autour de moi s'anime,
je pleure comme un enfant. »

Sur les dix heures, Werther appela son domestique ;
et, en se faisant habiller, il lui dit qu'il allait faire un
voyage de quelques jours ; qu'il n'avait qu'à nettoyer
ses habits et préparer tout pour faire les malles. Il lui
ordonna aussi de demander les mémoires des marchands,
de rapporter quelques livres qu'il avait prêtés, et de
payer deux mois d'avance à quelques pauvres qui recevaient de lui une aumône chaque semaine.

Il se fit apporter à manger dans sa chambre ; et
après qu'il eut dîné, il alla chez le bailli, qu'il ne trouva
pas à la maison. Il se promena dans le jardin d'un air
pensif : il semblait qu'il voulût accumuler en lui toute
la mélancolie du souvenir.

Les enfants ne le laissèrent pas longtemps en repos.
Ils coururent derrière lui, et grimpèrent sur lui et
racontèrent que quand demain, et encore demain, et
puis encore un jour, seraient venus, ils recevraient de
Lolotte leurs présents de Noël ; et là-dessus, ils lui
étalèrent toutes les merveilles que leur imagination
leur promettait. « Demain, s'écria-t-il, et encore demain,
et puis encore un jour ! » Il les embrassa tous tendre-
ment, et allait les quitter, lorsque le plus jeune voulut

encore lui dire quelque chose à l'oreille. Il lui dit en
confidence que ses grands frères avaient écrit de beaux
compliments du jour de l'an, grands comme ça! qu'il
y en avait un pour le papa, un pour Albert et Charlotte, et un aussi pour M. Werther, et qu'on les présen-
terait de grand matin, le jour de l'an. Ces derniers
mots l'accablèrent : il leur donna à tous quelque chose,
monta à cheval, les chargea de faire ses compliments
au vieillard, et partit les larmes aux yeux.

Il revint chez lui vers les cinq heures, recommanda
à la servante d'avoir soin du feu, et de l'entretenir jusqu'à la nuit. Il dit au domestique de ranger ses livres et
son linge au fond de la malle et d'y plier ses habits.
C'est alors vraisemblablement qu'il écrivit le paragra-
phe qui suit de sa dernière lettre à Charlotte.

« Tu ne m'attends pas. Tu crois que j'obéirai, et que
je ne te verrai que la veille de Noël. Charlotte! aujour-
d'hui ou jamais. La veille de Noël tu tiendras ce papier
dans ta main, tu frémiras, et tu le mouilleras de tes
chères larmes. Je le veux, il le faut! Oh! que je suis
content d'avoir pris mon parti! »

Cependant Charlotte se trouvait dans une situation
étrange. Son dernier entretien avec Werther lui avait
fait sentir combien il lui serait difficile de se séparer de
lui, combien il aurait à souffrir s'il devait se séparer
d'elle.

On avait dit, comme en passant, en présence d'Albert,
que Werther ne reviendrait point avant la veille de
Noël ; et Albert était monté à cheval pour aller chez
un bailli du voisinage terminer une affaire qui devait
le retenir jusqu'au lendemain.

Elle était seule ; aucun de ses frères, aucune de ses
sœurs n'était autour d'elle. Elle s'abandonna dans le
calme, à ses pensées, qui tournaient autour de sa situation présente. Elle se voyait liée pour la vie à un

homme dont elle connaissait l'amour et la fidélité, et qu'elle aimait de toute son âme ; à un homme dont le caractère paisible et solide paraissait formé par le ciel pour assurer le bonheur d'une honnête femme ; elle sentait ce qu'un tel époux serait toujours pour elle et pour ses enfants. D'un autre côté, Werther lui était devenu si cher, et dès le premier instant la sympathie entre eux s'était si bien manifestée, leur longue liaison avait amené tant de choses vécues en commun, qui avaient fait sur son cœur des impressions ineffaçables. Elle était accoutumée à partager avec lui tout ce qui dans ses sentiments et dans ses pensées présentait quelque intérêt, et son départ menaçait de lui faire un vide qu'elle ne pourrait plus remplir. Oh ! si elle avait pu dans cet instant le changer en un frère, combien elle eût été heureuse ! S'il y avait eu moyen de le marier à une de ses amies ! Si elle avait pu espérer de rétablir entièrement la bonne intelligence entre Albert et lui !

Elle avait passé en revue dans son esprit toutes ses amies : elle trouvait toujours à chacune d'elles quelque défaut, et il n'y en eut aucune qui lui parût digne.

Ce n'est qu'au milieu de toutes ces réflexions, qu'elle finit par sentir profondément, sans oser se l'avouer, que le désir secret de son âme était de le garder pour elle-même, tout en se disant qu'elle ne pouvait, qu'elle ne devait pas le garder. Son âme, si pure, si belle, son âme ailée, qui autrefois savait si bien reprendre son essor, reçut en ce moment l'empreinte de cette mélancolie qui n'entrevoit plus la perspective du bonheur. Son cœur était oppressé, et un sombre nuage couvrait ses yeux.

Il était six heures et demie lorsqu'elle entendit Werther monter l'escalier ; elle reconnut à l'instant ses pas et sa voix qui la demandait. Comme son cœur battit vivement à son approche, et, nous pouvons presque dire, pour la première fois ! Elle aurait volontiers fait dire qu'elle n'y était pas ; et quand il entra, elle lui

cria avec une espèce d'égarement passionné : « Vous ne
m'avez pas tenu parole ! — Je n'ai rien promis, fut sa
réponse. — Au moins auriez-vous dû avoir égard à
ma prière ; je vous avais demandé cela pour notre
tranquillité commune. »

Elle ne savait trop ce qu'elle disait, ni ce qu'elle
faisait lorsqu'elle envoya chercher quelques amies,
pour ne pas se trouver seule avec Werther. Il déposa
quelques livres qu'il avait apportés, et en demanda
d'autres. Tantôt elle souhaitait voir arriver ses amies,
tantôt qu'elles ne vinssent pas, lorsque la servante
rentra, et lui dit qu'elles s'excusaient toutes de ne pouvoir venir.

Elle voulait d'abord faire rester cette fille, avec son
ouvrage, dans la chambre voisine, et puis elle changea
d'idée. Werther se promenait à grands pas. Elle se mit
à son clavecin, et commença un menuet ; mais ses
doigts se refusaient. Elle se recueillit, et vint s'asseoir
d'un air tranquille auprès de Werther, qui avait pris
sa place accoutumée sur le canapé.

« N'avez-vous rien à lire ? » lui dit-elle. Il n'avait
rien. « Là, dans mon tiroir, continua-t-elle, est votre
traduction de quelques chants d'Ossian : je ne l'ai
point encore lue ; car j'espérais toujours vous l'entendre
lire vous-même, mais cela n'a jamais pu s'arranger. »
Il sourit, et alla chercher son cahier. Un frisson le
saisit en y portant la main, et ses yeux se remplirent
de larmes quand il l'ouvrit ; il s'assit, et lut : « Étoile
de la nuit naissante, te voilà qui étincelles à l'occident,
tu lèves ta brillante tête du fond de ta nuée, tu
t'avances majestueusement le long de la colline. Que
regardes-tu sur la bruyère ? Les vents orageux se sont
apaisés ; le murmure du torrent lointain se fait entendre ; des vagues bruissantes jouent au pied du
rocher, et dans le lointain, les moucherons du soir
bourdonnent au-dessus des champs. Que regardes-tu,

belle lumière ? Mais tu souris, et tu t'en vas, joyeusement les ondes t'entourent, et baignent ton aimable chevelure. Adieu, tranquille rayon. Et toi, parais, toi, superbe lumière de l'âme d'Ossian.

» Et elle paraît dans tout son éclat. Je vois mes amis morts. Ils s'assemblent à Lora, comme aux jours qui sont passés. Fingal vient, comme une humide colonne de brouillard. Autour de lui sont ses héros ; voilà les bardes ! Ullin aux cheveux gris, majestueux Ryno, Alpin, chantre aimable, et toi, plaintive Minona ! Comme vous êtes changés, mes amis, depuis les jours de fête de Selma, alors que nous nous disputions l'honneur du chant, comme les zéphirs du printemps font, tour à tour, plier le long de la colline, l'herbe au doux susurrement !

» Alors Minona s'avançait dans sa beauté, le regard baissé, les yeux pleins de larmes ; sa chevelure lourde flottait au vent vagabond qui soufflait du haut de la colline. L'âme des guerriers devint sombre quand sa douce voix s'éleva ; car ils avaient vu souvent la tombe de Salgar, ils avaient souvent vu la sombre demeure de la blanche Colma. Colma était abandonnée sur la colline, seule avec sa voix mélodieuse ; Salgar avait promis de venir, mais la nuit se répandait autour d'elle. Écoutez de Colma la voix, lorsqu'elle était seule sur la colline.

COLMA

» Il fait nuit. Je suis seule, égarée sur l'orageuse colline. Le vent souffle dans les montagnes. Le torrent roule avec fracas des rochers. Aucune cabane ne me défend de la pluie, ne me défend, moi, qui suis abandonnée, sur l'orageuse colline.

» Ô lune ! sors de tes nuages ! Paraissez, étoiles de la

nuit! Que quelque rayon me conduise à l'endroit où
mon amour repose des fatigues de la chasse, son arc
détendu à côté de lui, ses chiens haletants autour de
lui! Faut-il, faut-il que je sois assise ici seule sur le
roc au-dessus du torrent aux vagues enchevêtrées!
Le torrent et l'ouragan mugissent. Je n'entends pas
la voix de mon amant.

» Pourquoi tarde mon Salgar? A-t-il oublié sa pro-
messe? Voilà bien le rocher et l'arbre, et voici le bruyant
torrent. Salgar, tu m'avais promis d'être ici à l'approche
de la nuit. Hélas! où s'est égaré mon Salgar? Avec toi
je voulais fuir, abandonner père et frère, les orgueil-
leux! Depuis longtemps nos familles sont ennemies,
mais nous ne sommes point ennemis, ô Salgar!

» Tais-toi un instant, ô vent! Silence un instant, ô
torrent! que ma voix résonne à travers la vallée, que
mon voyageur m'entende! Salgar, c'est moi qui
appelle. Voici l'arbre et le rocher. Salgar, mon ami, je
suis ici : pourquoi ne viens-tu pas?

» Ah! la lune paraît, les flots brillent dans la vallée,
les rochers gris se dressent, escaladant la colline. Mais
je ne le vois pas sur la cime ; ses chiens devant lui
n'annoncent pas son arrivée. Faut-il que je sois seule
ici?

» Mais qui sont ceux qui là-bas sont couchés sur la
bruyère?... Mon amant, mon frère?... Parlez, ô mes
amis! Ils se taisent. Que mon âme est tourmentée!...
Ah! ils sont morts ; leurs glaives sont rougis du combat.
Ô mon frère, mon frère, pourquoi as-tu tué mon Salgar ?
Ô mon Salgar, pourquoi as-tu tué mon frère? Vous
m'étiez tous les deux si chers! Oh! tu étais beau entre
mille sur la colline ; il était terrible dans le combat.
Répondez-moi, écoutez ma voix, mes bien-aimés!
Mais, hélas! ils sont muets, muets pour toujours ; leur
sein est froid comme la terre.

» Oh! du haut du rocher de la colline, du haut de la

cime de l'orageuse montagne, parlez, esprits des morts!
parlez, je ne frémirai point. Où êtes-vous allés reposer?
dans quelle caverne des montagnes dois-je vous
trouver?... Je n'entends aucune faible voix dans le
vent ; et la tempête de la colline, dans son souffle ne
m'apporte aucune réponse.

» Je suis assise dans ma douleur ; j'attends le matin
dans les larmes. Creusez le tombeau, vous, les amis des
morts ; mais ne le fermez pas jusqu'à ce que je vienne.
Ma vie disparaît comme un songe. Comment resterais-
je en arrière? Ici je veux demeurer avec mes amis,
auprès du torrent du rocher qui résonne. Lorsqu'il
fait nuit sur la colline, et que le vent vient par-dessus
la bruyère, que mon esprit se dresse dans le vent et
pleure la mort de mes amis. Le chasseur m'entend de sa
cabane de feuillage, craint ma voix et l'aime ; car douce
sera ma voix, en pleurant mes amis : ils m'étaient tous
les deux si chers!

» C'était là ton chant, ô Minona! douce et rougis-
sante fille de Thormann. Nos larmes coulèrent pour
Colma, et notre âme devint sombre.

» Ullin parut avec la harpe, et nous donna le chant
d'Alpin. La voix d'Alpin était douce, l'âme de Ryno
était un rayon de feu ; mais déjà ils reposaient dans
l'étroite demeure, et leur voix s'était éteinte en Selma.
Un jour Ullin, revenant de la chasse, avant que les
deux héros fussent tombés, les entendit chanter tour à
tour sur la colline. Leurs chants étaient doux, mais
tristes. Ils pleuraient la mort de Morar, le premier des
héros. Son âme était comme l'âme de Fingal, son glaive
comme le glaive d'Oscar. Mais il tomba, et son père
gémit, et les yeux de sa sœur étaient pleins de larmes,
les yeux de Minona, sœur du valeureux Morar, étaient
pleins de larmes. Devant les accords d'Ullin, elle se
retira, comme la Lune à l'ouest, qui prévoit l'orage et

cache sa belle tête dans un nuage... Je pinçai la harpe avec Ullin pour le chant des plaintes.

RYNO

» Le vent et la pluie sont apaisés, le zénith est serein, les nuages se dissipent ; l'inconstant soleil, en fuyant, éclaire la colline de ses derniers rayons ; la rivière coule toute rouge de la montagne dans la vallée. Doux est ton murmure, ô rivière! mais plus douce la voix que j'entends. C'est la voix d'Alpin ; il fait entendre un chant funèbre. Sa tête est courbée par l'âge, et son œil rougi par les pleurs. Alpin, excellent chanteur! pourquoi, seul sur la silencieuse colline, pourquoi gémis-tu comme un coup de vent dans la forêt, comme une vague sur le rivage lointain ?

ALPIN

» Mes pleurs, Ryno, sont pour le mort ; ma voix est aux habitants de la tombe. Jeune homme, tu es svelte sur la colline, beau parmi les fils des bruyères ; mais tu tomberas comme Morar, et sur ton tombeau l'affligé viendra s'asseoir. Les collines t'oublieront. Ton arc est là, attaché à la muraille, détendu.

» Tu étais svelte, ô Morar, comme un chevreuil sur la colline, terrible comme le météore qui brille la nuit au ciel. Ton courroux était un orage ; ton glaive dans le combat était comme l'éclair sur la bruyère ; ta voix, semblable au torrent de la forêt après la pluie, au tonnerre roulant sur les collines lointaines. Beaucoup tombaient devant ton bras, la flamme de ta colère les consumait. Mais quand tu revenais de la guerre, ton front était paisible, ton visage semblable au soleil après l'orage, à la lune dans la nuit silencieuse, ton sein calme comme le lac quand le bruit du vent est apaisé.

» Étroite est maintenant ta demeure, obscur ton tombeau : avec trois pas je mesure ta tombe. Ô toi qui étais si grand, quatre pierres couvertes de mousse sont ton seul monument ; un arbre effeuillé, l'herbe haute que le vent couche, indiquent à l'œil du chasseur le tombeau du puissant Morar. Tu n'as pas de mère pour te pleurer, pas de vierge qui verse des larmes d'amour sur toi. Elle est morte, celle qui te donna le jour ; elle est tombée, la fille de Morglan.

» Quel est ce vieillard appuyé sur son bâton ? Qui est-il, cet homme dont la tête est blanche et dont les yeux sont rougis par les larmes ? C'est ton père, ô Morar ! le père d'aucun autre fils. Il entendit souvent parler de ta renommée dans la bataille, des ennemis tombés sous tes coups ; il entendit la gloire de Morar ! Hélas ! rien de sa blessure ! Pleure, père de Morar, pleure ! mais ton fils ne t'entend pas. Le sommeil des morts est profond ; leur oreiller de poussière est creusé bas. Il n'entendra plus jamais ta voix, il ne se réveillera plus à ta voix. Oh ! quand fera-t-il jour au tombeau, pour dire à celui qui dort : « Réveille-toi ! »

» Adieu, le plus généreux des hommes ! conquérant sur les champs de bataille ! mais, jamais plus le champ de bataille ne te verra ; jamais plus la sombre forêt ne brillera de l'éclat de ton acier. Tu n'as laissé aucun fils, mais les chants conserveront ton nom ; les temps futurs entendront parler de toi, ils connaîtront Morar tombé en combattant !

» Les plaintes des guerriers s'élevèrent, mais plus que toutes les autres, la plainte déchirante d'Armin. Cela réveilla en lui le souvenir de son fils : il tomba aux jours de sa jeunesse. Carmor était assis près du héros, Carmor, le prince de la sonore Galmal ! « Pourquoi ces

» sanglots, ces soupirs d'Armin ? dit-il. Qu'y a-t-il ici à
» pleurer ? Poèmes et chants ne résonnent-ils pas pour
» fondre l'âme et la ranimer ? Ils sont pareils au léger
» nuage de brouillard qui s'élève du lac, tombe sur la
» vallée et humecte les fleurs. Mais le soleil revient dans
» sa force, et le brouillard est dissipé. Pourquoi es-tu si
» triste, ô Armin ! toi qui règnes sur Gorma, qu'envi-
» ronnent les flots ? »

» Oui, je suis triste, et la cause de ma douleur n'est
pas petite. Carmor, tu n'as point perdu de fils ! tu n'as
pas perdu de fille éclatante de beauté ! Colgar, le
vaillant, vit, et Amira aussi, la plus belle des femmes.
Les branches de ta race fleurissent, ô Carmor ; mais
Armin est le dernier de sa souche ! Ton lit est noir, ô
Daura ! sombre est ton sommeil dans le tombeau !
Quand te réveilleras-tu avec tes chants, avec ta voix
mélodieuse ? Levez-vous, vents de l'automne ! Levez-
vous ! Soufflez sur l'obscure bruyère ! Écumez, torrents
de la forêt ! Hurlez, ouragans, à la cime des chênes !
Voyage à travers des nuages déchirés, ô Lune ! montre
et cache alternativement ton pâle visage ! rappelle-
moi la nuit terrible où mes enfants périrent, où Arindal
le fort tomba, où s'éteignit Daura la chérie !

» Daura, ma fille, tu étais belle, belle comme la
Lune sur les collines de Fura, blanche comme la neige
tombée, douce comme le souffle du matin. Arindal, ton
arc était fort, ton javelot rapide dans les airs, ton
regard comme la nue qui presse les flots, ton bouclier
comme un nuage de feu dans l'orage.

» Armar, fameux dans les combats, vint, rechercha
l'amour de Daura ; elle ne résista pas longtemps. Belles
étaient les espérances de leurs amis.

» Erath, fils d'Odgall, frémissait de rage, car son
frère avait été tué par Armar. Il vint déguisé en batelier.
Sa barque était belle sur les vagues ; il avait les cheveux blanchis par l'âge, et son visage était grave et

tranquille. « Ô la plus belle des filles! dit-il, aimable
» fille d'Armin, là-bas sur le rocher, dans la mer non
» loin du rivage où le fruit rouge brille entre les feuilles
» de l'arbre, Armar attend Daura. Je viens conduire son
» amour sur les flots roulants. »

» Elle le suivit, elle appela Armar. La voix du rocher
seule lui répondit. « Armar, mon ami, mon amant,
» pourquoi me tourmentes-tu ainsi ? Écoute-moi donc,
» fils d'Arnath! écoute-moi. C'est Daura qui t'appelle. »

» Erath, le traître, fuyait en riant vers la terre. Elle
élevait sa voix, elle appelait son père et son frère :
« Arindal! Armin! aucun de vous ne viendra-t-il donc
» sauver sa Daura ? »

» Sa voix traversa la mer ; Arindal, mon fils, des-
cendit de la colline, hirsute du butin de sa chasse, ses
flèches retentissant à son côté, son arc à la main, et
cinq dogues gris noir autour de lui. Il aperçut l'auda-
cieux Erath sur le rivage, le saisit, et le lia au chêne,
repliant étroitement les liens autour de ses hanches.
Erath, ainsi enchaîné, remplissait les airs de ses
gémissements.

» Arindal pousse la barque au large, et s'élance vers
Daura pour la ramener. Armar survient furieux ; il
décoche la flèche pennée de gris ; le trait siffla et tomba
dans ton cœur, ô Arindal, mon fils! Ô mon fils, tu
péris du coup destiné à Erath. La barque atteignit
le rocher, et Arindal y tomba et expira. Le sang de
ton frère coulait à tes pieds, ô Daura! quelle fut ta
douleur!

» Les flots brisèrent la barque. Armar se précipite
dans la mer pour sauver sa Daura ou mourir. Soudain
un coup de vent tombe de la colline sur les flots ; il
est submergé, et ne reparaît plus.

» J'ai entendu les plaintes de ma fille, se désolant,
seule, sur le rocher battu des vagues : ses cris étaient
aigus, et revenaient sans cesse ; et son père ne pouvait

rien pour elle! Toute la nuit je restai sur le rivage ; je la
voyais aux faibles rayons de la lune ; toute la nuit
j'entendis ses cris ; le vent hurlait, et la pluie battait
violemment le flanc de la montagne. Sa voix devint
faible avant que le matin parût, et finit par s'évanouir
comme le souffle du soir dans l'herbe des rochers.
Ployant sous la douleur, elle mourut, et laissa Armin
seul. Lui qui fut ma force dans la guerre n'est plus ;
tombée est celle qui fut mon orgueil parmi les vierges.

» Lorsque les orages descendent de la montagne,
lorsque le vent du nord soulève les flots, je m'assieds
sur le rivage retentissant, et je regarde le terrible
rocher. Souvent, au déclin de la lune, j'aperçois les
esprits de mes enfants estompés dans le clair-obscur,
ils marchent ensemble dans une triste concorde. »

Un torrent de larmes qui coula des yeux de Charlotte,
et qui soulagea son cœur oppressé, interrompit le
chant de Werther. Il jeta le manuscrit, lui prit une
main, et versa les pleurs les plus amers. Charlotte était
appuyée sur l'autre main, et cachait son visage dans
son mouchoir. Leur agitation à l'un et à l'autre était
terrible : ils sentaient leur propre infortune dans la
destinée des héros ; ils la sentaient ensemble, et leurs
larmes se confondaient. Les lèvres et les yeux de Werther se collèrent sur le bras de Charlotte, et le brûlaient.
Elle frémit, et voulut s'éloigner, et la douleur et la
compassion la tenaient enchaînée, comme si une masse
de plomb eût pesé sur elle. Elle respira pour se remettre
et en sanglotant elle le pria de continuer ; elle le priait
d'une voix céleste. Werther tremblait, son cœur était
près d'éclater ; il ramassa la feuille, et lut d'une voix
entrecoupée :

« Pourquoi m'éveilles-tu, souffle du printemps?
tu me caresses et dis : « Versant des gouttes célestes,
» j'apporte la rosée » ; mais le temps de ma flétrissure est

proche ; proche est l'orage qui abattra mes feuilles. Demain viendra le voyageur, viendra celui qui m'a vu dans ma beauté ; son œil me cherchera tout autour dans les champs, il me cherchera, et ne me trouvera point. »

Toute la force de ces paroles tomba sur l'infortuné. Il se jeta aux pieds de Charlotte dans le dernier désespoir ; il lui prit les mains, qu'il pressa contre ses yeux, contre son front, et il sembla que dans l'âme de Charlotte passât un pressentiment du projet affreux qu'il avait formé. Ses sens se troublèrent ; elle lui serra les mains, les pressa contre son sein ; elle se pencha vers lui avec attendrissement, et leurs joues brûlantes se touchèrent. L'univers s'anéantit pour eux. Il la prit dans ses bras, la serra contre son cœur, et couvrit ses lèvres tremblantes et balbutiantes de baisers furieux. « Werther ! dit-elle d'une voix étouffée et en se détournant, Werther ! » Et d'une main faible elle tâchait de l'écarter de son sein. « Werther ! » s'écriat-elle enfin avec l'accent ferme du plus noble sentiment. Il ne résista point. Il la laissa aller de ses bras, et se jeta à terre devant elle comme un forcené. Elle se leva brusquement, et, toute troublée, tremblante entre l'amour et la colère, elle lui dit : « Voilà la dernière fois, Werther ! vous ne me verrez plus. » Et puis, jetant sur le malheureux un regard plein d'amour, elle courut dans la chambre voisine, et s'y enferma. Werther lui tendit les bras, et n'osa pas la retenir. Il était par terre, la tête appuyée sur le canapé, et il demeura plus d'une demi-heure dans cette position, jusqu'à ce qu'un bruit qu'il entendit le rappelât à lui-même : c'était la servante qui venait mettre le couvert. Il allait et venait dans la chambre ; et, lorsqu'il se vit de nouveau seul, il s'approcha de la porte du cabinet, et dit à voix basse : « Charlotte ! Charlotte ! seulement encore un

mot, un adieu. » Elle garda le silence. Il attendit, il
pria, puis attendit encore ; enfin, il s'arracha de cette
porte en s'écriant : « Adieu, Charlotte ! adieu pour
jamais ! »

Il se rendit à la porte de la ville. Les gardes, qui
étaient accoutumés à le voir, le laissèrent passer sans
lui rien dire. Il tombait de la neige fondue. Il ne rentra
que vers les onze heures. Lorsqu'il revint à la maison,
son domestique remarqua qu'il n'avait point de chapeau ; il n'osa l'en faire apercevoir. Il le déshabilla :
tout était mouillé. On a trouvé ensuite son chapeau
sur un rocher qui se détache de la montagne et plonge
sur la vallée. On ne conçoit pas comment il a pu, par
une nuit obscure et humide y monter sans se précipiter.

Il se coucha, et dormit longtemps. Le lendemain
matin, son domestique le trouva à écrire quand son
maître l'appela pour lui apporter son café. Il ajoutait
le passage suivant de sa lettre à Charlotte :

« C'est donc pour la dernière fois, pour la dernière
fois que j'ouvre les yeux ! Hélas ! ils ne verront plus le
soleil ; des nuages et un sombre brouillard le cachent
pour toute la journée. Oui, prends le deuil, ô nature !
ton fils, ton ami, ton bien-aimé, s'approche de sa fin.
Charlotte, c'est un sentiment qui n'a point de pareil,
et qui ne peut guère se comparer qu'au sentiment confus
d'un songe, que de se dire : « Ce matin est le dernier ! »
Le dernier, Charlotte ! je n'ai aucune idée de ce mot :
le dernier ! Ne suis-je pas là dans toute ma force ? et
demain, couché, étendu sans vie sur la terre ! Mourir !
qu'est-ce que cela signifie ? Vois-tu, nous rêvons quand
nous parlons de la mort. J'ai vu mourir plusieurs personnes ; mais l'homme est si borné qu'il n'a aucune
idée du commencement et de la fin de son existence.
Actuellement encore à moi, à toi ! à toi ! ma chère ! et
un moment de plus... séparés... désunis... peut-être

pour toujours! Non, Charlotte, non... Comment puis-
je être anéanti? comment peux-tu être anéantie?
Nous sommes, oui... S'anéantir! qu'est-ce que cela signifie? C'est encore un mot, un son vide que mon cœur
ne comprend pas... Mort, Charlotte! enseveli dans un
coin de la terre froide, si étroit, si obscur! J'eus une
amie qui fut tout pour ma jeunesse privée d'appui.
Elle mourut, je suivis le convoi et me tins auprès de
la fosse. J'entendis descendre le cercueil; j'entendis
le frottement des cordes qu'on lâchait et qu'on retirait
ensuite; et puis la première pelletée de terre tomba,
et le coffre funèbre rendit un bruit sourd, puis plus
sourd, et plus sourd encore, jusqu'à ce qu'enfin il se
trouva entièrement couvert! Je tombai auprès de
la fosse, saisi, agité, oppressé, les entrailles déchirées.
Mais je ne savais pas ce qui m'arrivait, ce qui m'arri-
vera. Mourir! tombeau! Je n'entends point ces mots!

» Oh! pardonne-moi! pardonne-moi! Hier!... ç'aurait dû être le dernier moment de ma vie. Ô ange! ce
fut pour la première fois, oui, pour la première fois, que
ce sentiment d'une joie sans bornes me pénétra tout
entier, et sans aucun mélange de doute, dans mon âme:
Elle m'aime! elle m'aime! Il brûle encore sur mes
lèvres, le feu sacré qui coula par torrents des tiennes;
de nouveau, d'ardentes délices sont dans mon cœur.
Pardonne-moi! pardonne-moi!

» Ah! je le savais bien, que tu m'aimais! Tes premiers regards, ces regards pleins d'âme, ton premier
serrement de main, me l'apprirent; et cependant,
lorsque je t'avais quittée, ou que je voyais Albert à tes
côtés, je retombais dans mes doutes rongeurs.

» Te souvient-il de ces fleurs que tu m'envoyas le
jour de cette ennuyeuse réunion, où tu ne pus me dire
un seul mot, ni me tendre la main? Je restai la moitié
de la nuit à genoux devant ces fleurs, et elles furent pour
moi le sceau de ton amour. Mais, hélas! ces impres-

sions s'effaçaient, comme insensiblement s'efface dans le cœur du chrétien le sentiment de la grâce de son Dieu, qui lui a été donnée avec une profusion céleste dans de saintes images, sous des symboles visibles.

» Tout cela est périssable ; mais l'éternité même ne pourra point détruire la vie brûlante dont je jouis hier sur tes lèvres et que je sens en moi ! Elle m'aime ! ce bras l'a pressée ! ces lèvres ont tremblé sur ses lèvres ! cette bouche a balbutié sur la sienne ! Elle est à moi ! Tu es à moi ! oui, Charlotte, pour jamais !

» Qu'importe qu'Albert soit ton époux ? Époux !... Ce serait donc pour ce monde-ci... Et pour ce monde aussi je commets un péché en t'aimant, en désirant de t'arracher, si je pouvais, de ses bras dans les miens ? Péché ! soit. Et je m'en punis. Je l'ai savouré, ce péché, dans toutes ses délices célestes ; j'ai aspiré le baume de la vie et versé la force dans mon cœur. De ce moment, tu es à moi, à moi, ô Charlotte ! Je pars devant. Je vais rejoindre mon père, ton père ; à lui, je dirai ma tristesse ; il me consolera jusqu'à ton arrivée ; alors je vole à ta rencontre, je te saisis, et demeure uni à toi en présence de l'Éternel, dans des embrassements qui ne finiront jamais.

» Je ne rêve point, je ne suis point dans le délire ! Près du tombeau, je vois plus clair. Nous serons, nous nous reverrons ! Nous verrons ta mère. Je la verrai, je la trouverai. Ah ! j'épancherai devant elle mon cœur tout entier. Ta mère ! ta parfaite image. »

Vers les onze heures, Werther demanda à son domestique si Albert n'était pas de retour. Le domestique répondit que oui, qu'il avait vu emmener son cheval. Alors Werther lui donna un petit billet non cacheté, qui contenait ces mots :

« Voudriez-vous bien me prêter vos pistolets pour

un voyage que je me propose de faire ? Adieu. Portez-
vous bien. »

La pauvre Charlotte avait peu dormi la nuit précédente. Ce qu'elle avait craint était devenu certain,
et ses appréhensions s'étaient réalisées d'une manière
qu'elle n'avait pu ni prévoir ni craindre. Son sang si
pur, et qui coulait si tranquille, était maintenant dans
un trouble fiévreux, et mille sentiments déchiraient
ce noble cœur. Était-ce le feu des embrassements de
Werther qu'elle sentait dans son sein ? Était-ce l'indi-
gnation de sa témérité ? Était-ce une fâcheuse comparaison de son état actuel avec ces jours d'innocence,
de calme, et de confiance en elle-même ? Comment
se présenterait-elle à son mari ? Comment lui avouer
une scène qu'elle pouvait si bien avouer, et que
pourtant elle n'osait pas s'avouer à elle-même ? Ils
s'étaient si longtemps contraints l'un et l'autre ! Serait-
elle la première à rompre le silence, et précisément au
moment mal venu où elle aurait à faire à son époux
une communication si inattendue ? Elle craignait
déjà que la seule nouvelle de la visite de Werther ne
produisît sur lui une fâcheuse impression : que serait-ce
s'il apprenait cette catastrophe imprévue ? Pouvait-
elle espérer que son mari verrait la scène dans son
vrai jour, et la jugerait sans prévention ? Et pouvait-elle désirer qu'il lût dans son âme ? D'un autre
côté, pouvait-elle dissimuler avec un homme devant
lequel elle avait toujours été franche et transparente
comme le cristal, à qui elle n'avait jamais caché ni pu
cacher aucune de ses affections ? Toutes ces réflexions
l'accablèrent de soucis, et la jetèrent dans un cruel
embarras. Et toujours ses pensées revenaient à Werther, qui était perdu pour elle, qu'elle ne pouvait
abandonner, qu'il fallait pourtant qu'elle abandonnât
à lui-même, et à qui, en la perdant, il ne restait plus rien.

Quoique, en ce moment, elle ne pût s'en rendre compte, elle sentait confusément combien pesait alors sur elle la mésintelligence qui avait grandi entre Albert et Werther. Des hommes si bons, si raisonnables, avaient commencé, pour de secrètes différences de sentiments, à se renfermer tous deux dans un mutuel silence, chacun pensant à son droit et au tort de l'autre ; et tout s'était tellement embrouillé et envenimé qu'il devenait impossible, au moment critique d'où tout dépendait, de défaire le nœud. Si une heureuse confiance les eût rapprochés plus tôt, si l'amitié et l'indulgence se fussent ranimées, et eussent ouvert leurs cœurs à de doux épanchements, peut-être notre malheureux ami eût-il encore pu être sauvé.

A cela s'ajoutait une circonstance singulière. Werther, comme on le voit par ses lettres, n'avait jamais fait mystère de son désir de quitter ce monde. Albert l'avait souvent combattu ; et il en avait été aussi quelquefois question entre Charlotte et son mari. Celui-ci, par suite de son invincible aversion pour le suicide, manifestait assez fréquemment, avec une espèce d'acrimonie tout à fait étrangère à son caractère, qu'il croyait fort peu à une pareille résolution ; il se permettait même des railleries à ce sujet, et il avait communiqué son incrédulité à Charlotte. Cette réflexion la tranquillisait, lorsque son esprit lui présentait la sinistre image ; mais, d'un autre côté, elle l'empêchait de faire part à son mari des inquiétudes qui en ce moment la tourmentaient.

Albert arriva. Charlotte alla au-devant de lui avec un empressement mêlé d'embarras. Il n'était pas de bonne humeur ; il n'avait pu terminer ses affaires ; il avait trouvé, dans le bailli qu'il était allé voir, un homme intraitable et borné. Les mauvais chemins avaient encore achevé de le contrarier.

Il demanda s'il n'était rien arrivé ; elle répondit

avec quelque précipitation que Werther était venu la veille au soir. Il s'informa s'il y avait des lettres : elle lui dit qu'elle avait porté une lettre et des paquets dans sa chambre. Il y passa, et Charlotte resta seule. La présence de l'homme qu'elle aimait et estimait avait fait une nouvelle impression sur son cœur. Le souvenir de sa générosité, de son amour, de sa bonté, avait ramené le calme dans son âme. Elle sentit un secret désir de le suivre : elle prit son ouvrage, et l'alla trouver dans son appartement, comme elle faisait souvent. Il était occupé à décacheter des paquets et à lire. Quelques-uns semblaient contenir des choses peu agréables. Charlotte lui adressa quelques questions ; il y répondit brièvement, et se mit à écrire à son bureau.

Ils étaient restés ainsi ensemble pendant une heure, et Charlotte s'attristait de plus en plus. Elle sentait combien il lui serait difficile de découvrir à son mari ce qui pesait sur son cœur, fût-il même de la meilleure humeur possible. Elle tomba dans une mélancolie d'autant plus pénible, qu'elle cherchait à la cacher et à dévorer ses larmes.

L'apparition du domestique de Werther la jeta dans le plus grand désarroi. Il remit le petit billet à Albert, qui se retourna froidement vers sa femme, et lui dit : « Donne-lui les pistolets. Je lui souhaite un bon voyage », ajouta-t-il en s'adressant au domestique. Ce fut un coup de foudre pour Charlotte. Elle tâcha de se lever ; les jambes lui manquèrent ; elle ne savait plus où elle en était. Elle avança lentement vers la muraille, prit d'une main tremblante les pistolets, en essuya la poussière. Elle hésitait, et aurait tardé longtemps encore à les donner, si Albert ne l'eût pressée par un regard interrogatif. Elle remit donc les funestes armes au jeune homme, sans pouvoir prononcer un seul mot. Quand il fut sorti de la maison, elle prit son ouvrage, et se retira dans sa chambre, livrée à une inexprimable incertitude. Son cœur lui présageait tout ce qu'il y a de plus sinistre. Tantôt elle voulait aller se jeter aux pieds de son mari, lui révéler tout, la scène de la veille, sa faute et ses pressentiments ; tantôt elle ne voyait plus à quoi aboutirait une pareille démarche ; et moins que toute autre chose, elle pouvait espérer qu'elle persuaderait à son mari de se rendre chez Werther. Le couvert était mis ; une bonne amie, qui n'était venue que pour demander quelque chose, qui voulait s'en retourner tout de suite... et qui resta, rendit la conversation supportable pendant le repas ; on se contraignit, on parla, on conta, on s'oublia.

Le domestique arriva, avec les pistolets, chez Werther, qui les lui prit avec transport, lorsqu'il apprit que c'était Charlotte qui les avait donnés. Il se fit apporter du pain et du vin, dit au domestique d'aller dîner, et s'assit pour écrire :

« Ils ont passé par tes mains, tu en as essuyé la poussière ; je les baise mille fois ; tu les as touchés : et toi, ange du ciel, tu favorises ma résolution ! Et toi, Charlotte, tu me présentes cette arme, toi des mains de qui je désirais recevoir la mort. Ah ! et je la reçois en effet de toi ! Oh ! comme j'ai questionné mon domestique ! Tu tremblais en les lui remettant ; tu n'as point dit adieu ! hélas ! hélas ! point d'adieu !... M'aurais-tu fermé ton cœur, à cause de ce moment même qui m'a uni à toi pour l'éternité ? Charlotte, des siècles de siècles n'effaceront pas cette impression ! et, je le sens, tu ne saurais haïr celui qui brûle ainsi pour toi. »

Après dîner, il ordonna au domestique d'achever de tout emballer ; il déchira beaucoup de papiers, sortit, et acquitta encore quelques petites dettes. Il revint à la maison, et, malgré la pluie, il repartit presque aussitôt ; il se rendit hors de la ville, au jardin du comte ;

il erra plus loin, dans les environs ; à la nuit tombante, il rentra, et écrivit :

« Wilhelm, j'ai vu pour la dernière fois les champs, les forêts, et le ciel. Adieu aussi, toi, chère et bonne mère ! pardonne-moi ! Console-la, mon ami ! Que Dieu vous comble de ses bénédictions ! Toutes mes affaires sont en ordre. Adieu ! nous nous reverrons, et plus heureux ! »

« Je t'ai mal payé de ton amitié, Albert ; mais tu me le pardonnes. J'ai troublé la paix de ta maison ; j'ai porté la méfiance entre vous. Adieu ! je vais y mettre fin. Oh ! puisse ma mort vous rendre heureux ! Albert ! Albert ! rends cet ange heureux ! et qu'ainsi la bénédiction de Dieu repose sur toi ! »

Il fit encore le soir plusieurs recherches dans ses papiers ; il en déchira beaucoup, qu'il jeta au feu. Il cacheta plusieurs paquets adressés à Wilhelm. Ils contenaient quelques courtes dissertations et pensées détachées, que j'ai vues en partie. Vers dix heures, il fit remettre du bois au feu, et, après s'être fait apporter une bouteille de vin, il envoya coucher son domestique, dont la chambre, ainsi que celles des gens de la maison, était sur le derrière, fort éloignée de la sienne. Le domestique se coucha tout habillé, pour être prêt de grand matin : car son maître lui avait dit que les chevaux de poste seraient à la porte avant six heures.

Après onze heures.

« Tout est si calme autour de moi ! et mon âme est si paisible ! Je te remercie, ô mon Dieu, de m'avoir accordé cette chaleur, cette force, à ces derniers instants !

» Je m'approche de la fenêtre, ma chère, et à travers les nuages qui passent, chassés par la tempête, je dis-

tingue encore quelques étoiles éparses dans ce ciel
éternel. Non, vous ne tomberez point. L'Éternel vous
porte dans son sein, comme il m'y porte aussi. Je vois
le timon du Chariot, la plus chérie des constellations.
La nuit, quand je sortais de chez toi, quand je passais
sous le porche, elle était en face de moi. Avec quelle
ivresse je l'ai souvent contemplée! Combien de fois, les
mains élevées vers elle, je l'ai prise à témoin, comme
un signe, comme un monument sacré de la félicité que
je goûtais alors, et encore... Ô Charlotte! qu'est-ce
qui ne me rappelle pas ton souvenir? Ne suis-je pas
environné de toi? et comme un enfant, ne me suis-je
pas emparé avidement de mille bagatelles que tu avais
sanctifiées en les touchant?

» Ô silhouette chérie! Je te la lègue, Charlotte, et je
te prie de l'honorer. J'y ai imprimé mille milliers de
baisers; je l'ai mille fois saluée lorsque je sortais de
ma chambre, ou que j'y rentrais.

» J'ai prié ton père, par un petit billet, de protéger
mon corps. Au fond du cimetière sont deux tilleuls,
vers le coin qui donne sur la campagne : c'est là que je
désire reposer. Il peut faire cela, et il le fera pour son
ami. Demande-le-lui aussi. Je ne voudrais pas exiger de
pieux chrétiens que le corps d'un pauvre malheureux
reposât auprès de leurs corps. Ah! je voudrais que vous
m'enterrassiez auprès d'un chemin ou dans une vallée
solitaire; que le prêtre et le lévite en passant près de
la pierre marquée, se signassent, et que le samaritain y
versât une larme!

» Donne, Charlotte! Je prends d'une main ferme la
coupe froide et terrible où je vais puiser l'ivresse de la
mort! Tu me la présentes, et je n'hésite pas. Ainsi donc
sont accomplis tous les désirs de ma vie! Voilà donc où
aboutissaient toutes mes espérances! toutes! toutes! à
venir frapper avec cet engourdissement à la porte d'airain de la vie!

» Ah! si j'avais eu le bonheur de mourir pour toi, Charlotte, de me dévouer pour toi! Je mourrais courageusement, je mourrais joyeusement, si je pouvais te rendre le repos, les délices de ta vie. Mais hélas! il ne fut donné qu'à quelques hommes privilégiés de verser leur sang pour les leurs, et d'allumer par leur mort, au sein de ceux qu'ils aimaient, une vie nouvelle et centuplée.

» Je veux être enterré dans ces habits ; Charlotte, tu les as touchés, sanctifiés : j'ai demandé aussi cette faveur à ton père. Mon âme plane sur le cercueil. Que l'on ne fouille pas mes poches. Ce nœud rose, que tu portais sur ton sein quand je te vis la première fois au milieu de tes enfants (oh! embrasse-les mille fois, et raconte-leur l'histoire de leur malheureux ami ; chers enfants, je les vois, ils se pressent autour de moi : ah! comme je m'attachai à toi! dès le premier instant, je ne pouvais plus te laisser)... ce nœud sera enterré avec moi ; tu m'en fis présent à l'anniversaire de ma naissance! comme je dévorais tout cela! Hélas! je ne pensais guère que ma route me conduirait ici!... Sois calme, je t'en prie ; sois calme.

» Ils sont chargés... Minuit sonne, ainsi soit-il donc! Charlotte! Charlotte, adieu! adieu! »

Un voisin vit l'éclair de l'amorce, et entendit l'explosion ; mais comme tout resta tranquille, il ne s'en mit pas plus en peine.

Le lendemain, sur les six heures, le domestique entra dans la chambre avec de la lumière. Il trouve son maître étendu par terre ; il voit le pistolet, le sang ; il l'appelle, il le soulève ; point de réponse. Il ne faisait plus que râler. Il court chez le médecin, chez Albert. Charlotte entend sonner ; un tremblement agite tous

ses membres ; elle éveille son mari ; ils se lèvent ;
le domestique, en sanglotant et en balbutiant leur
annonce la triste nouvelle ; Charlotte tombe évanouie
aux pieds d'Albert.

Lorsque le médecin arriva, il trouva le malheureux
à terre, dans un état désespéré ; le pouls battait, tous
les membres étaient paralysés. Il s'était tiré le coup
au-dessus de l'œil droit ; la cervelle avait sauté. Pour
ne rien négliger, on le saigna au bras ; le sang coula ;
il respirait encore.

Au sang que l'on voyait sur le dossier de son fauteuil, on pouvait juger qu'il s'était tiré le coup assis
devant son secrétaire, qu'il était tombé ensuite, et que,
dans ses convulsions, il avait roulé autour du fauteuil.
Il était étendu près de la fenêtre, sur le dos, sans mouvement. Il était entièrement habillé et botté ; en habit
bleu, en gilet jaune.

La maison, le voisinage, et bientôt toute la ville,
furent dans l'agitation. Albert arriva. On avait couché
Werther sur le lit, le front bandé. Son visage portait
l'empreinte de la mort ; il ne remuait aucun membre ;
ses poumons râlaient encore d'une manière effrayante,
tantôt plus faiblement, tantôt plus fort ; on n'attendait que son dernier soupir.

Il n'avait bu qu'un seul verre de vin. *Emilia
Galotti* [1] était ouvert sur son bureau.

La consternation d'Albert, le désespoir de Charlotte,
ne sauraient s'exprimer.

Le vieux bailli au reçu de la nouvelle accourut à
toutes brides ; il embrassa le mourant, en l'arrosant de
larmes. Les plus âgés de ses fils arrivèrent bientôt après
lui, à pied : ils tombèrent à côté du lit, en proie à la
plus violente douleur, et baisèrent les mains et la bouche
de leur ami ; l'aîné, celui qu'il avait toujours aimé le
plus, s'était collé à ses lèvres, et y resta jusqu'à ce
qu'il fût expiré ; on en détacha l'enfant par force.

Il mourut à midi. La présence du bailli et les mesures
qu'il prit prévinrent un attroupement. Il le fit enterrer
de nuit, vers les onze heures, dans l'endroit qu'il s'était
choisi. Le vieillard et ses fils suivirent le convoi. Albert
n'en avait pas la force. On craignit pour la vie de Charlotte. Des journaliers le portèrent ; aucun ecclésiastique ne l'accompagna.

Dossier

VIE DE GOETHE

1749 — Le 28 août, naissance à Francfort de Johann Wolfgang Goethe, fils d'une famille bourgeoise aisée et cultivée.

1765-68 — Études de droit à l'université de Leipzig.

1770-71 — Études à l'université de Strasbourg. Idylle avec Frédérique Brion, fille du pasteur de Sesenheim en Alsace. Rencontre avec Herder.

1772 — Avocat au tribunal d'Empire de Wetzlar. Idylle avec Charlotte Buff. L'idylle fournira la trame de *Werther*.

1773-1775 — Retour à Francfort. *Götz von Berlichingen*, drame médiéval. Premier succès.

1774 — *Les Souffrances du jeune Werther*.

1776 — En novembre, Goethe s'installe à Weimar où la duchesse Anna Amalia lui demande de remplir auprès du jeune duc son fils le rôle de confident, favori et conseiller. Il restera à Weimar jusqu'à sa mort ; plus d'un demi-siècle. Weimar n'est, à l'époque où il y arrive, qu'une bourgade de quatre ou cinq mille âmes, aux rues boueuses. La présence de Goethe et son rayonnement en feront un haut lieu de l'esprit. Toute l'Europe de l'époque romantique y défilera. Goethe, conseiller et pratiquement ministre, pratique l'art de gouverner. Il apprend la minéralogie, la géologie. Mais prisonnier de ses fonctions, de l'étiquette, du provincialisme étroit, prisonnier de sa réputation même, Goethe s'ennuie. Il s'évade, part pour l'Italie où il passera incognito une vingtaine de mois. C'est la période la plus heureuse de sa vie, la seule,

confiera-t-il plus tard. Il reprend ses ébauches littéraires :
des drames, *Iphigénie, Egmont, Torquato Tasso, Faust* ;
un grand roman, *Wilhelm Meister* ; un cycle de poésies
lyriques, les *Élégies romaines*. Il entreprend, à quarante ans,
de publier ses œuvres complètes. Mais il est surtout attiré
par la recherche scientifique. Géologie, anatomie, optique.

1788 — Goethe fait venir à l'université d'Iéna l'auteur déjà
célèbre des *Brigands*, l'historien Schiller. Une amitié se
noue, d'où résultera ce qu'on nomme « le classicisme de
Weimar ».

1805 — Schiller meurt.

1809 — Goethe publie le roman *Les Affinités électives*.

1811-1814 — *Poésie et Vérité*, récit autobiographique.

1814-1819 — Cycle de poèmes d'inspiration orientale, le
Divan occidental-oriental.
Directeur du théâtre de Weimar de 1791 à 1817.

1823-1832 — Eckermann recueille fidèlement ses propos
publiés dans les très célèbres *Conversations avec Goethe*.
Octogénaire, Goethe suit avec passion la controverse
devant l'Institut de France entre Cuvier et Geoffroy
Saint-Hilaire sur le transformisme.

1832 — Mort de Goethe.

NOTES

Page 33.

1. Le *Werther* est un roman par lettres, mais d'une facture originale, différente de celle, par exemple, des *Lettres de la Religieuse portugaise*, de la *Nouvelle Héloïse*, des *Liaisons dangereuses*. Ici, le héros, Werther, n'a qu'un correspondant, un certain Wilhelm, qui ne répond pas, qui n'apparaît en personne à aucun moment et dont nous ne savons pratiquement rien. Et puis à la fin du roman apparaît un troisième personnage sur lequel nous savons moins encore : celui qui, ayant recueilli les lettres de Werther et les informations sur ses derniers instants, raconte la fin de Werther et ses obsèques, et sous la désignation de « l'Éditeur » s'adresse au lecteur.

C'est en mai 1772 que Goethe est arrivé à Wetzlar. Procédé de démarquage à noter : l'année est différente, le mois est le même. Ce qui importe, c'est la saison, non la date.

Page 34.

1. « La ville » est Wetzlar, dans la vallée de la Lahn. Le jardin, implanté en 1763 par le procureur Meckel, était un parc à l'anglaise inspiré du jardin de Julie (son « Élysée »), dans *La Nouvelle Héloïse*.

Page 35.

1. Goethe dessinait beaucoup. La pratique du dessin avait affûté son regard et développé son talent d'observation.

Page 36.

1. La légende française de la fée Mélusine, mi-femme, mi-poisson, était très répandue en Allemagne.

2. L'*Odyssée* était à l'époque la lecture favorite de Goethe, qui l'emportait toujours en voyage. Lorsqu'il débarquera en Sicile en 1787, y retrouvant l'atmosphère de l'île des Phéaciens, il se précipitera chez un libraire pour acheter un Homère. Il envisagera alors une version dramatisée de l'*Odyssée* centrée autour de l'épisode de Nausicaa. Ce projet n'eut pas de suite.

Page 38.

1. « L'amie de ma jeunesse », ce pourrait être une allusion à Henriette de Roussillon, une dame âgée de Darmstadt à qui Goethe envoyait des poèmes, aux obsèques de laquelle il assista le 21 avril 1773. Il écrivait ce même jour à Kestner : « On l'a enterrée ce matin, et je suis toujours au bord de la tombe. »

Page 39.

1. L'abbé Charles Batteux (1713-1780), auteur du *Cours de belles lettres ou Principes de la littérature* (1747-1750), traduit en allemand (1758), ouvrage alors fondamental sur la théorie de la littérature.

2. Robert Wood (1716-1771), auteur de *An Essay on the original genius and writings of Homer* (1768), traduit en allemand (1773).

3. Roger de Piles (1635-1709), écrivain et diplomate français. Auteur d'un *Abrégé de la vie des peintres* et d'un *Cours de peinture par principes*, il joua un grand rôle dans la querelle des poussinistes et des rubénistes.

4. Joachim Winckelmann (1717-1768), le fondateur de l'esthétique en Allemagne. Auteur de l'*Histoire de l'art antique* (1764). Goethe avait pour lui une profonde admiration.

5. Johann Georg Sulzer (1720-1779), auteur d'une *Théorie des Beaux-Arts*, dont la première partie seulement avait paru en 1771. Goethe en avait donné un compte rendu en 1772.

6. Christian Gottlob Heyne (1729-1812), professeur de philologie classique à Göttingen, le fondateur de la philologie classique en Allemagne.

7. « Le bailli » était dans la réalité Heinrich Adam Buff, administrateur des biens de l'Ordre teutonique (voir préface).

Page 41.

1. Wahlheim : il s'agit en fait d'un village voisin de Wetzlar, Garbenheim, que fréquentait Goethe (voir préface). Tous les détails sont exacts. Ou plutôt : ils l'étaient ; l'aubergiste est morte à 85 ans en 1782, les tilleuls ont disparu au xixe siècle.

Page 43.

1. Effectivement, pendant son séjour à Wetzlar Goethe fréquentait une accorte villageoise de Garbenheim. Kestner la mentionne dans son Journal : « L'amie de Goethe à Garbenheim... une femme assez bien de sa personne, au gentil visage innocent. Elle s'exprime bien, quoique sans art. Elle a trois petits enfants auxquels le Dr Goethe apportait des gâteries chaque fois qu'il venait, aussi l'aimaient-ils bien ; et elle aussi l'aimait bien. » Cette jeune femme, prénommée Eva, était la fille de l'instituteur. A l'époque, elle n'avait pas la trentaine, l'aîné de ses enfants avait trois ans et demi. Elle était, paraît-il, très fière de figurer dans le *Werther*. Elle mourut nonagénaire.

Page 48.

1. Le « bal à la campagne » avait effectivement eu lieu (voir préface).

2. « Promise à un galant homme » : il s'agit de Kestner (voir préface).

Page 51.

1. « Miss Jenny » : L'héroïne d'un roman allemand imité de Richardson, *Geschichte der Miss Fanny Wilkes*, de J. T. Hermes (1766).

2. *Le Vicaire de Wakefield*, d'Oliver Goldsmith (1766), était célèbre. Gœthe l'avait lu en 1771 en traduction allemande. Les noms soi-disant supprimés par l'éditeur peuvent être ceux de Sophie von Laroche, ou d'autres ; la question est secondaire.

Page 56.

1. Friedrich Gottlieb Klopstock (1724-1803), poète célèbre à l'époque où Goethe était un enfant. Auteur d'une épopée en vingt chants, la *Messiade* (1748-1773), d'odes à la Nature, à l'Amour, à l'Amitié. Le premier et plus ancien modèle littéraire de Goethe, qui se libérera par la suite de l'admiration qu'il lui a portée. Il s'agit ici de l'ode, *Fête du Printemps.*

Page 59.

1. Voir *Odyssée*, chant XX.

Page 63.

1. Johann Kaspar Lavater (1741-1801), pasteur à Zurich, célèbre par ses travaux sur la physiognomonie (étude du caractère d'après les traits du visage). Goethe a eu avec lui une assez importante correspondance.

Page 69.

1. Ce miracle a été accompli deux fois, une fois par Élie, une autre par Élisée (voir Ancien Testament, Ier Livre des Rois, xvii et IIe Livre des Rois, iv).

Page 71.

1. La pierre de Bologne est la baryte sulfatée ou barytine, sulfate naturel de baryum. Goethe approfondira par la suite ses connaissances en matière de minéralogie, mais on le voit s'y intéresser déjà.

2. « L'ambassadeur » : le personnage correspond à l'ambassadeur de Brunswick, von Höfler, dont Jerusalem (voir préface) était le secrétaire.

Page 73.

1. « La montagne d'aimant » : légende des *Mille et Une Nuits* (aventures de Sindbad le Marin).

Page 88.

1. « Homère » : Il s'agit de deux éditions d'Homère, toutes les deux publiées en Hollande, toutes les deux avec le texte grec et la traduction latine. L'édition Wetstein est en effet en format de poche.

Page 103.

1. « Que Dieu vous bénisse... » La première phrase est textuellement celle qu'écrivit Gœthe à Lotte et Kestner le jour de leur mariage. Mais celui-ci n'eut lieu qu'après la fin de l'idylle, le 4 avril 1773. Goethe avait lui-même acheté les alliances à Francfort.

Page 105.

1. Le couronnement de François Ier de Lorraine, empereur. Couronné en 1745, époux de Marie-Thérèse d'Autriche, père de Marie-Antoinette reine de France.

2. Ulysse hébergé par le porcher Eumée, *Odyssée*, chant XIV.

Page 120.

1. « Kennikot, Semler et Michaëlis » : Benjamin Kennicot (1718-1783), théologien anglais à qui on doit une grande édition critique de l'Ancien Testament. Johann Salomo Semler (1725-1791), professeur de théologie à Halle. Johann David Michaëlis (1717-1791), professeur de langues orientales à Göttingen, étudia les Écritures sous l'angle historique et critique.

Page 121.

1. « Ossian » : il avait déjà été fait une allusion à Ossian au livre I (lettre du 10 juillet), mais uniquement sous forme interrogative. Ici, Ossian supplante Homère, et Goethe nous a prévenus qu'il faut voir là le signe de la maladie qui s'empare de Werther. Les « poèmes gaéliques » d'Ossian, publiés en Angleterre en 1763, sont sans doute la plus réussie des supercheries littéraires. Le poète écossais Macpherson avait prétendu recueillir dans les campagnes d'Écosse des chants populaires très anciens qu'il faisait remonter aux bardes du IIIe siècle. Herder, l'ami de Goethe, était enthousiaste des poèmes d'Ossian où il pensait reconnaître une poésie authentiquement populaire. Macpherson (1738-1796) était un poète de grand talent, et la supercherie ne fut reconnue que bien plus tard. Goethe avait déjà à Strasbourg traduit les *Chants de Selma* en prose, et en vers quelques autres fragments. Il semble avoir ici travaillé à nouveau sur le texte original de Macpherson.

Page 125.

1. « Le fils de Dieu... » : voir Évangile selon saint Jean, XVII, 24.

Page 126.

1. « Mon Dieu ! Mon Dieu ! » : les paroles de Jésus sur la croix, *Eli, Eli, lamma sabachtani*. Voir Évangile selon saint Matthieu, XXVII, 46.

Page 130.

1. « Les États-Généraux » : les États-Généraux de la république des Provinces-Unies (Pays-Bas).

Page 172.

1. « *Emilia Galotti* », drame de Lessing (1729-1781) paru en 1772. Goethe n'appréciait pas beaucoup le drame de Lessing, mais le détail de la présence de l'ouvrage sur le pupitre de Werther est emprunté à l'histoire de Jerusalem, grand admirateur de Lessing. Ce détail figurait dans la relation que fit Kestner à Goethe du suicide de Jérusalem, relation à laquelle Goethe emprunte aussi textuellement la dernière phrase : « aucun ecclésiastique ne l'accompagna ».